星塵

STARDUST

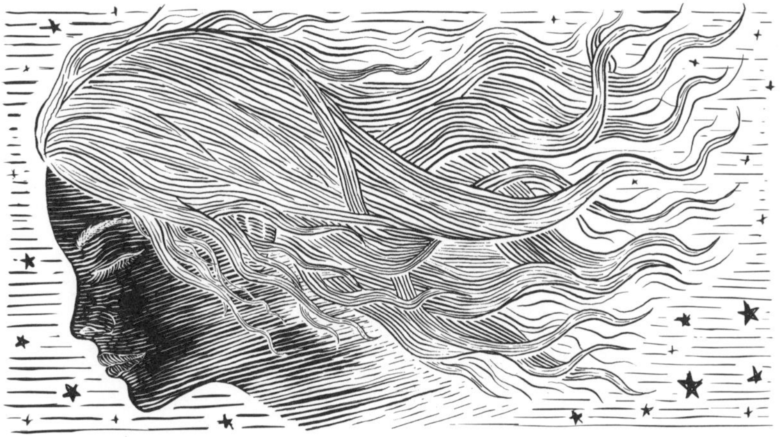

尼爾 蓋曼

蘇韻筑 譯

Neil Gaiman

獻給金恩・沃夫與蘿絲瑪莉・沃夫

短歌

約翰・道恩（John Donne），一五七二—一六三一

去吧，接住墜落的流星，
以曼陀羅花根迎取新生，
告訴我，往昔歲月到哪兒去了？
是誰將惡魔的蹄分瓣？
教導我聆聽人魚的歌聲，
避開嫉妒的折騰，
找出
是什麼風
精進誠實的心靈。

若你生來就為見識奇景，
那難得一見的事物。
奔馳一萬個日與夜，
直到歲月令你髮白如雪。

你，當你歸來，將告訴我
所有歷經的不可思議，
誓言
無論何處
皆無忠貞的女子。

若你尋得，請告訴我，
朝聖之旅將會如許甜蜜。
然而呀，我不會去，
即便我們在隔鄰相遇。
就算你遇見她時，忠貞可靠，
但最終，當你修書予我，
她已
不復如此
在我到達之前，已對兩三人，無情無義。

星塵

目錄

第一章 009
第二章 033
第三章 049
第四章 061
第五章 089
第六章 111
第七章 123
第八章 133

第九章 155
第十章 165
後記 189
致謝 193

1

在此我們得知
石牆鎮和鎮上每九年發生一次的奇事

從前有個年輕人，希望能得到內心渴望的東西。

開頭這麼說，儘管了無新意（因為不管過去或未來，每個年輕人的故事都會以類似的方式開始），但是這個年輕人和發生在他身上的事，有很多是不尋常的。即使這年輕人從不知道整個來龍去脈，也無妨。

這個故事如同許多故事一樣，得從牆說起。

今天的石牆鎮，就像六百年來一樣，佇立在一小片林地裡一塊高高突起的花崗岩上。石牆鎮的房子都方正古老，用灰色石塊建造，有著深色石板屋頂和高聳煙囪。為了充分利用岩石的每一寸空間，房舍彼此依攏，一棟接著一棟，間或在建築物旁邊長出一、兩棵小樹或灌木。

石牆鎮有一條對外道路，蜿蜒的小徑清楚地從森林裡往上伸展，用岩石和小石塊劃出界線。沿途往南走得夠遠，走出森林，小徑就變成真正的馬路，上頭鋪著瀝青。繼續往前走，馬路也變得越寬，時時刻刻擠滿在大城市間匆忙奔走的車子和貨運。最後，這條路能夠把你帶到倫敦，只不過從石牆鎮到倫敦得開上一整晚的車。

石牆鎮的居民皆沉默寡言，可以清楚細分成兩種：土生土長的石牆鎮民，又高又健壯，灰撲撲的，就像城鎮立基的花崗岩脈一樣；另一種人則在多年來，都把石牆鎮當成自己和後代子孫的家。

石牆鎮下方，西邊是森林，南邊是平靜得不怎麼可靠的湖，水源是石牆鎮後北邊小山的幾條小溪。小山上的原野放牧著綿羊，東邊是更廣闊的林地。

緊靠在石牆鎮東邊的，是一道高大的灰色石牆，石牆鎮的名字就是這麼來的。這道牆年代久遠，用大量粗糙的正方形花崗石塊築成。長長的石牆從樹林裡露出來，又再次隱沒於林中。

牆面只有一處缺口，開口約六呎寬，稍微偏向小鎮的北方。

透過石牆缺口往外看，是一大片青綠牧草地；牧草地外是條小溪；小溪外是樹木。有時可在樹木間遠遠看見一些形狀和人影，巨大的形狀、奇特的形狀、發著微光的小東西光采閃爍，轉眼就消失了。儘管牧草地肥沃鮮美，卻從來沒有鎮民在牆的另一頭放牧牲畜，也沒人種植莊稼。

這幾百年、甚至幾千年來，鎮民反而在石牆缺口的兩邊鬧門都安排了守衛，盡全力把牆外的世界拋諸腦後。

即使到了今天，仍有兩個鎮民日以繼夜地站在鬧口兩邊，每八小時換一次班。他們帶著沉重的木棍，一左一右站在石牆鎮這側的出口。

守衛的主要功用是防止鎮上的孩子跑過缺口，到牧草地或更遠的地方去。偶爾他們會被叫去阻擋某個獨自閒逛的人，或鎮上少數的遊客之一，不讓這些人穿過鬧口。

他們只要露一下木棍就能阻擋孩童往外跑；遇到閒逛的人或遊客，他們會更有創造力。只有在新種下牧草或危險的脫韁公牛等說詞都不足以說服時，他們才會使用武力，做為最後手段。

來到牆邊就知道要尋找什麼的人非常罕見，有時守衛會放這些人通過。這種人有種眼神，只要看過就不會弄錯。

據鎮民所知，整個二十世紀都沒有在石牆兩邊走私的情況，他們因而引以為傲。

守衛每隔九年在五月一日放鬆一次，當天會有市集在牧草地上舉行。

以下的事件在很多年前便為人所知。那時維多利亞女王執掌英國王權，但還不是溫莎堡的黑衣寡婦。她的雙頰像蘋果，腳步如春風，首相梅爾波恩爵士也經常藉題溫和地責罵她的輕浮。儘管她陷入熱戀，但到那時為止，她仍未婚。

查爾斯．狄更斯先生的小說《孤雛淚》仍在連載；德雷柏先生才剛拍下第一幅月亮的照片，將之蒼白的臉牢牢凍在冰冷紙上；摩斯先生也才剛宣布用金屬纜線傳遞訊息的方法。

要是你對其中任何一人提起魔法或妖精，他們就會朝你輕蔑微笑——或許狄更斯先生例外吧，他那時還年輕，沒留鬍子，但他大概會憂愁地看著你。

人們在那年春天來到不列顛群島。他們或獨自前來，或成雙成對，從多佛、倫敦、利物浦登陸。男男女女，有的皮膚蒼白如紙，有的皮膚黑如火山岩，有的皮膚是肉桂色，說著許多不同的語言。他們在四月陸續抵達，乘坐蒸汽火車、馬匹、篷車或牛車，還有許多人步行。

那時，登斯坦．宋恩十八歲，也不是浪漫愛冒險的人。

他有堅果色澤的淺棕色頭髮和淺棕色眼睛，還有淺棕色雀斑。他的身材中等，說話總是慢慢的，輕鬆的微笑從體內散發，照亮了他的臉龐。他在父親的牧草地上做著白日夢，夢想離開石牆鎮和離開後所有超乎想像的魔力，前往倫敦、愛丁堡、都柏林或是其他了不起的城鎮，就不必老是依據風向來決定事情了。登斯坦在父親的農場工作，除了遠處田野裡雙親給的一棟小屋以外，他可說是一文不名。

遊客在那年四月到石牆鎮參加市集，而登斯坦討厭那些人。波謬斯先生的旅館「第七隻喜鵲」通常有許多空房，卻早在一週前就客滿。如今那些陌生人開始住進農場和民宅，用奇特的硬幣、用藥草和香料，甚至用寶石支付住宿費。

市集日一天天逼近，期待的氣氛也越來越熱絡。人們更早醒來，數著日子，甚至計算還有幾分鐘。石牆閘門的守衛焦躁緊張。有些人影住進了牧草地邊緣的樹叢。

在「第七隻喜鵲」裡，當今公認最美麗的廚娘布麗琪．康菲，挑起了交往一年的湯米．佛瑞斯特和深色眼珠的高大男人之間的爭端。這男人帶著一隻吱吱叫的小猴子，只會說一點點英文，卻總是在布麗琪經過時露出意味深長的微笑。

坐在旅館酒吧的常客笨拙地靠近那些遊客，這麼說道：

「每九年才一次啊。」

「他們說以前是每年仲夏舉行一次。」

「你問波謬斯先生，他就知道。」

波謬斯先生個子高高的，皮膚是橄欖色，黑色鬈髮緊貼在頭上，眼睛是綠色的。鎮上的少女長成女人時，會留心注目波謬斯先生，但他從不回應這些眼光。據說他很久以前也是遊客，來到鎮上後就留下了。他釀的酒很好，當地人都同意這點。

湯米．佛瑞斯特和深色眼珠的男人在酒吧裡大聲爭執，那人的名字好像是阿魯．貝。

「看在老天爺的分上阻止他們一下！叫他們停下來吧！」布麗琪喊著，「他們為了我，要出去後頭打架了！」她優雅地晃著頭，好讓完美的金色鬈髮在油燈映照下閃閃發光。

儘管有些鎮民和遊客跑出去觀戰，卻沒人出面勸架。

湯米．佛瑞斯特脫掉上衣，雙拳握緊，舉到面前。陌生人笑了笑，往草地上吐了口痰，抓住湯米的右手，湯米立刻凌空飛起，下巴著地摔到地上。湯米踉蹌爬起，跑向陌生人，才剛看到對方的臉頰，就給一陣勁風擊倒，再次朝地上一趴，臉狠狠摔在爛泥裡。阿魯．貝坐在他身上咯咯笑著，用阿拉伯文咕噥了幾句。

這場打鬥結束得快如此之快又如此之容易。

阿魯．貝從湯米．佛瑞斯特身上爬起來，趾高氣昂地走向布麗琪．康菲，朝她深深一鞠躬，微微咧嘴笑了笑。

布麗琪沒理他，逕直奔向湯米。「怎麼回事，他究竟對你做了什麼，我的寶貝？」她問道，一邊用圍裙擦去湯米臉上的爛泥，一邊用各種暱稱呼喚他。

阿魯．貝和旁觀者回到旅館的酒吧。湯米進來時，他殷勤地買了一瓶波謬斯先生的夏布利白葡萄酒給湯米。兩人都沒辦法確定是誰贏誰輸。

那晚，登斯坦．宋恩不在「第七隻喜鵲」。他是個相當實際的小夥子，最近六個月，他都在追求黛西．海斯塔，一個跟他差不多實際的年輕女性。晴朗的夜晚裡，他倆會在石牆鎮附近散步，討論莊稼輪作的理論，還有天氣及其他諸如此類合乎情理的話題。黛西的母親和妹妹必在兩人身後六步陪同，而他倆則不時深情地凝視彼此。

到海斯塔家門口時，登斯坦會稍稍停頓，才鞠躬告別。

黛西．海斯塔則會走進家門，取下帽子，說：「我真希望宋恩先生能下定決心向我求婚。我有把握爸爸不會反對。」

「的確，我有把握他不會反對。」黛西的媽媽說，她在每個晴朗的夜晚都這樣說。她脫下自己的帽子和手套，領著兩女走進客廳。客廳裡坐著一位個子非常高的紳士，留著長長的黑色山羊鬍，正在替自己的包裹分類。黛西跟著母親和妹妹一起向這位紳士行屈膝禮（他只會說一點點英文，前幾天才剛抵達鎮上）。這位臨時房客站起來向她們鞠躬答禮，然後又轉回他那包木頭碎片，繼續分類、整理、磨光。

英格蘭的春天難以捉摸，變化多端，那年四月寒風刺骨。

遊客從南方穿過林間的羊腸小徑而來，擠滿了鎮上的空房，有的還睡在牛棚或穀倉裡。有些遊客搭起彩色帳篷，有些則乘著由高大的灰色駿馬或毛髮蓬亂的小馬拉的篷車前來。

森林裡遍地開滿鈴蘭。

四月二十九日上午，登斯坦．宋恩抽到籤，要在石牆的鬧口邊站崗，和湯米．佛瑞斯特一起當班。他們各自站在石牆鬧口的兩側等待。

登斯坦輪值過很多次，但是迄今為止，他的工作內容只是簡單地站在那裡，偶爾用噓聲嚇跑小孩。今天，他覺得自己分外重要。他拿著木棍，每當來到鎮上的陌生人接近石牆開口，他或湯米就說：「明天、明天。各位好心的先生，今天還不可以通過。」

這些陌生人會稍微退遠一點，瞪著開口那一邊平凡無奇的牧草地、那些點綴著草地的平凡樹木，還有牧草地後面頗為昏暗、看不清楚的森林。有些人會試圖跟登斯坦或湯米談話，但這兩個年輕人對身為守衛非常自傲，婉拒交談，心甘情願地昂著頭、緊閉雙脣，擺出一副重要人物的姿態。

午餐時間，黛西．海斯塔帶了一小鍋肉餡馬鈴薯餅給他倆，布麗琪．康菲則各給兩人帶來一大杯調味麥酒。

黃昏時，鎮上另外兩個身強體壯的年輕人各自拿了燈籠來換班。湯米和登斯坦走進旅館，波謬斯先生給他們一人一杯最好的麥酒做為輪班站崗的報酬；他最好的麥酒真的非常高級。旅館裡瀰漫興奮的嘈雜聲，人多得難以置信。對登斯坦這個出了環繞石牆鎮的林地就失去空間感的小鎮居民而言，只覺得世界上所有國家的遊客都擠到這裡來了。他注視鄰桌戴著黑色大禮帽的高個子紳士，這位紳士從倫敦遠道而來；他也懷著同樣的敬畏，注視另一位個子更高，有黑檀木膚色的紳士，那紳士穿著連身白袍，和他在同一桌用餐。

登斯坦知道盯著人家看是不禮貌的，再說，身為石牆鎮的鎮民，他絕對有資格自認為比所有的「長毛野人❶」優越。但他也聞到空氣中飄著不熟悉的香料氣味，聽見男男女女用上百種不同的語言交談，於是他大剌剌地呆望著他們。

戴大禮帽的男人注意到登斯坦目不轉睛地看著自己，便做勢要小夥子過來。「你喜歡吃糖蜜布丁

---

❶ 原文為 furriner，音同 foreigner，即外國人。

嗎？」他諄諄善誘，但有些唐突。「姆塔長老被叫走了，這布丁一個人可吃不完哪。」

登斯坦點了點頭。糖蜜布丁在盤子上冒著動人的甜甜蒸氣。

「那好，」他的新朋友說，「自己來吧。」他遞給登斯坦乾淨的瓷碗和湯匙。登斯坦根本不需要他的催促，立刻大口吃起布丁。

「年輕人？」碗和布丁盤子都差不多空了，戴著黑色大禮帽的高個子紳士對登斯坦說道，「這旅館好像沒房間了，鎮上的每一間房好像也都租出去了。」

「是嗎？」登斯坦說，一點也不驚訝。

「是，」戴大禮帽的紳士說，「不曉得你知不知道哪裡還有房間？」

登斯坦聳聳肩。「現在都沒房間啦。我記得九歲的時候，我媽和我爸把我趕到牛棚屋頂上睡了一個禮拜，把我的房間租給東方來的一位女士，還有她的家人跟僕人。她送我一個風箏當謝禮，我常在牧草地上放，直到有一天風箏線斷掉、飄到天空為止。」

「你現在住哪兒呢？」戴大禮帽的紳士問。

「我有一棟小屋，在我父親田產的角落邊上。」登斯坦答道，「那以前是我們家牧羊人的，兩年前收割最後一輪作物的時候，他死了。我父母就把小屋給了我。」

「帶我去。」戴大禮帽的紳士說。登斯坦完全沒想到要拒絕他的要求。

春天的月兒明亮地高懸，夜晚十分晴朗。他們從鎮上走下來，穿過森林，也走過一整片宋恩家的農地（戴大禮帽的紳士被一頭睡在牧草地的母牛嚇到，因為牠在睡夢中大聲打呼），總算抵達登斯坦的小屋。

屋子裡有一間房和一個壁爐。陌生人點了點頭。「這裡夠好了，」他說，「來吧，登斯坦・宋恩，接下來三天我就租下這裡了。」

「你要給我什麼當租金呢？」

「一鎊金幣一個，六便士銀幣一個，一便士銅板一個，還有一個嶄新閃亮的四分之一便士。」男人說道。

在那個年代，農夫在豐年大概能夠年收入十五鎊，兩個晚上一鎊已經是高於行情的租金了。不過，登斯坦還在猶豫。「如果你是為了市集來的，」他對高個子男人說，「那你應該會有一些奇蹟妙事可賣吧。」

高個子男人點了點頭。「所以說，你想要奇蹟妙事，是嗎？」他再次環視登斯坦的單房小屋。這時開始下起雨了，茅草屋頂上響起輕柔的滴答聲。

「噢，好呀，」高個子男人有點不耐煩地說，「奇蹟妙事。明天你就會得到你內心渴望的東西。拿去，這是你的錢。」他用輕巧的手勢把錢從登斯坦的耳朵掏了出來。登斯坦在小屋門口的鐵釘上刮了刮，檢查金子的成分，接著向紳士深深一鞠躬，便轉身走入雨中。他把金幣緊緊綁在手帕裡。

登斯坦在微雨中走進牛棚。他爬上貯放乾草的閣樓，很快就睡著了。

夜裡，他意識到有雷聲與閃電，但沒有真的醒來。然後在凌晨時分，某個人笨手笨腳地踩到他的腳，把他踩醒了。

「對不起，」一個聲音說，「我是說，請原諒我。」

「是誰呀？誰在那兒？」登斯坦問。

「是我啦，」聲音說，「我來參加市集的。我本來睡在空心的樹洞裡，可是閃電打到樹頂，像打碎蛋殼一樣把樹打裂了，樹像小樹枝一樣啪地折斷。雨水流到我的脖子上，差點就要弄溼我的行李。可是裡頭的東西必須保持得跟沙塵一樣乾燥，所以我沿路小心保護著行李過來，像密不透風的籠子一樣，儘管它還是溼得像……」

「……水一樣？」登斯坦猜道。

「還要更溼，」黑暗中的聲音繼續說，「所以我就想啦，你會不會介意我在你的屋頂下停留一晚，我不太占地方，也不會給你添麻煩還是什麼的。」

「只要別踩我就好了。」登斯坦嘆了一口氣。

就在此時，一道閃電照亮了牛棚，登斯坦在電光中瞥見角落裡有個毛茸茸的小東西，戴著巨大軟帽。緊接著又歸於黑暗。

「我希望我沒給你添麻煩。」聲音又說。現在登斯坦想想，這聲音聽起來真有點毛茸茸的。

「沒有。」登斯坦說。他很累了。

「那很好，」毛茸茸的聲音又說，「因為我不想給你添麻煩。」

「拜託，」登斯坦乞求道，「讓我睡覺吧。拜託。」

角落裡傳來吸鼻子的聲音，接著是輕輕的鼾聲。

登斯坦在乾草上翻了個身。那個人——不管是誰，還是什麼東西——輕輕抓了抓自己，再次發出鼾聲。

登斯坦聽著牛棚屋頂上的雨聲，想到了黛西．海斯塔。想著他們一同散步，六步之後跟著一個戴大禮帽的高個子男人，還有一身覆滿毛皮的小生物，登斯坦看不見那生物的長相。所以他們要一起去看他內心渴望的東西嗎？

明亮的陽光照在登斯坦臉上，牛棚已經空了。他洗了臉，走到農舍去。

他穿上最好的夾克和最好的襯衫，套上最好的褲子。他用摺疊刀把靴子上的泥巴刮乾淨。他走進農場的廚房，親親母親的臉頰，自己拿起農家麵包，配上一大塊剛做好的奶油。

接著，帶著綁在細麻紗手帕裡的錢，他走向石牆鎮，向石牆邊的守衛道早安。

透過石牆閘口，他看見色彩繽紛的帳篷搭了起來，攤位也立了起來，彩色旗幟和人們來回穿梭。

「正午之前，我們不會讓任何人通過。」守衛說。

登斯坦聳了聳肩，走進酒吧。他坐在那裡仔細思考要用存款（他已經存了一枚閃亮的半克朗，還有一個打洞後穿了皮繩掛在脖子上、做為幸運符的六便士銀幣）和手帕裡的錢幣買些什麼。這一刻，他差不多快忘了他的房客前一晚還答應要給他別的東西。鐘敲響十二點時，登斯坦大踏步走向石牆，緊張兮兮的，好像要打破最大的禁忌。他通過石牆，發現戴著黑色絲質大禮帽的紳士就在他身邊，還對他點了點頭。

「啊。我的房東。你今天好嗎，先生？」

「非常好。」登斯坦說。

「陪我走走，」高個子男人說，「我們一起走吧。」

他們橫越牧草地，走向那些帳篷。

「你以前來過這裡嗎？」高個子男人問。

「九年以前，上次市集的時候我來過。那時我只是個小孩。」登斯坦承道。

「嗯，」他的房客說，「記得要有禮貌，而且不能收禮物。記住你是客人。現在，我要把我欠的最後一筆房租給你。因為我發過誓。我的禮物會持續很久很久，從你和你的第一個孩子，到你的第一個孩子的第一個孩子。這是在我有生之年都會持續下去的禮物。」

「那會是什麼呢，先生？」

「你內心渴望的東西，記住。」戴大禮帽的紳士說，「你內心渴望的東西。」

登斯坦鞠了個躬，他們繼續朝著市集走去。

「眼睛！眼睛！新的換舊的！」有個小婦人站在擺滿瓶瓶罐罐的桌子前吆喝，瓶裡滿是形形色色的眼睛。

「從一百個國家來的各種樂器！」

「哨子一便士！哼歌兩便士！合唱隊的聖歌三便士！」

「試試你的運氣！站上來！回答一個簡單的謎語，就可以贏一朵銀蓮花！」

「永遠芳香的薰衣草！鈴蘭花布！」

「瓶裝的夢，一瓶一先令！」

「夜用大衣！晨用大衣！黃昏用的大衣！」

「幸運寶劍！威力魔杖！永恆戒指！特赦卡！靠過來，靠過來！都到這邊來！」

「藥膏和軟膏，春藥和萬靈藥！」

登斯坦在一個擺滿水晶裝飾品的小攤前駐足，一面檢視那些精緻的迷你動物，一面考慮是否要幫黛西．海斯塔買一個。他拿起跟大拇指差不多大的水晶小貓，小貓一臉精明地朝他眨了眨眼。登斯坦嚇了一跳，失手把小貓摔下，小貓就像真貓一樣在半空中調整姿勢，四腳著地，輕盈地走到小攤的角落上，舔洗起自己。

登斯坦繼續走，穿越擁擠忙碌的市集。

到處都是喧鬧忙亂的人群；幾個星期前來到石牆鎮的那些陌生人全都在這兒，許多鎮民也在。波謬斯先生設了一個帳篷，賣酒和食物給石牆鎮鎮民。鎮民常被石牆那一邊所販售的食物吸引，但他們的祖父母秉持著祖先的教誨，告誡他們吃精靈食物、精靈水果或喝精靈水、啜飲精靈酒都是極其不妥的。

每隔九年，石牆外和小山丘上的居民會設小攤，在牧草地上展開為期一天一夜的精靈市集。在這每九年會進行一天一夜的市集裡，不同的民族間有貿易往來。

他們販賣種種奇蹟、怪事和不可思議的東西，還有許多意想不到的事、想像不到的東西（登斯坦不解，誰會需要裝著暴風雨的雞蛋殼？）他撥弄包在手帕裡的錢，想買個不太貴的小東西來討黛西的歡心。

在市集的喧鬧聲外，他隱約聽到輕柔和諧的音樂鐘聲，不禁朝著鐘聲走去。

他經過一個攤子，五個高大的男人跟著悲傷的手風琴音樂跳舞，拉琴的是一隻表情哀傷的黑熊；他還經過另一攤，穿著鮮豔和服的禿頭男人把瓷盤砸碎，將碎片拋進燃燒的碗裡，立刻冒出彩色煙霧，吸引了許多經過攤位的人圍觀。

清脆的叮噹聲越來越明顯。

他找到傳出美妙樂音的小攤，卻發現攤位上空無一人。貨架上滿是花朵：鈴蘭、毛地黃、蘇格蘭風鈴草、黃水仙，也有紫羅蘭、百合花，還有小小的深紅色薔薇、純白的雪花蓮、藍色的勿忘我，以及許許多多登斯坦叫不出名字的花。每朵花都是玻璃或水晶做的，栩栩如生，登斯坦說不上來是雕刻或是以玻璃絲編織而成，但這些花會像遠方的玻璃鐘聲一樣鳴響。

「哈囉？」登斯坦喊道。

「早安，歡迎來到市集。」攤子主人費勁地爬下停在攤子後頭的彩繪篷車，對登斯坦說道。她微黑的臉上綻開大大微笑，露出雪白牙齒。登斯坦立刻從她的眼睛和黑色鬈髮間露出的耳朵認出她是石牆那邊的人。她有雙深紫羅蘭色的眼睛，耳朵就像貓耳一樣略為彎折，外面還覆蓋著一層柔細的深色軟毛。她長得相當漂亮。

登斯坦從攤子上拿起一朵花。「真可愛。」他說。那是紫羅蘭，他拿在手上時仍不斷鈴鈴響，發出溼潤手指在玻璃酒杯邊緣磨擦的聲音。「多少錢？」

她聳聳肩，動作優雅迷人。

「沒有人一開始就講價錢的。」她告訴登斯坦，「它可能比你打算付的價格高得多，然後你就會離開，最後我們兩個都不好受。我們來用比較全面的方式討論這個商品吧。」

登斯坦猶豫片刻。這時，戴黑色絲質大禮帽的紳士正好經過。「哪，」登斯坦的房客悄聲說，「我欠你的已經付清了，房租全部都給你了。」

登斯坦搖了搖頭，彷彿要確認這不是夢，然後轉身面對那位年輕小姐。「那麼，這些花是從哪裡來的？」他問。

女子會意地微微一笑。「卡拉蒙山的另一邊，一個種滿玻璃花朵的花園。前往那裡的旅程非常危險，回程更是艱辛。」

「這些花有什麼用處？」登斯坦問。

「這些花的用處主要是裝飾和消遣。它們帶來快樂；你可以送給心愛的人，當作表達愛慕之情的信物；它們發出的聲音也很悅耳，還能捕捉最賞心悅目的光線。」她對著陽光舉起一株鈴蘭，登斯坦不可能不注意到，陽光透過紫水晶折射出的色彩，其色調與濃淡都比不上她的眼睛。

「我明白了。」登斯坦說。

「它們還可以用在某些咒語和魔法上。先生，你是魔術師嗎？」

登斯坦搖了搖頭。他發現這位年輕小姐有些與眾不同。

「喔。儘管如此，它們還是很令人愉快。」她說著，又微微一笑。

女子與眾不同之處，是因為一條繫在她手腕的細銀鏈，鏈子往下銬住她的腳踝，隱沒在她身後的彩繪篷車裡。

「……這條鏈子嗎？它把我跟攤子綁在一起。這攤子屬於某個女巫，而我是她私人的奴隸。她在很多年前抓到了我；那時我在父親領土上的瀑布旁玩耍，在高高的群山中，她變成漂亮的小青蛙跳在我前面，總是讓我差一步就可以抓到，引誘我不知不覺、一步步走出我父親的領土。然後她恢復原本的面貌，砰一聲把我扔進帆布袋裡。」

「那妳就永遠是她的奴隸了嗎？」

「不是永遠。」精靈女孩又笑了起來，「月亮失去女兒的那天，如果正好一個星期裡有兩個星期一，我就會恢復自由。我會耐心等著那天到來。在那之前，我照人家吩咐辦事，做做夢。先生，你現在要跟我買花嗎？」

「我的名字是登斯坦。」

「這也是個讓人敬重的名字。」她揶揄笑道，「你的鉗子在哪裡，登斯坦先生？你會不會夾住撒旦的鼻子❷？」

「那妳的名字呢？」登斯坦問。他的臉因害臊而漲成深紅色。

「我早就沒有名字了。我是奴隸，我原本的名字被拿走了。我聽到『喂！』或『妓女！』或『蠢貨！』或其他各種咒罵的時候就回答。」

登斯坦注意到她穿的絲質長袍如何緊貼著她的身體；意識到她優美的曲線，還有那紫羅蘭色眼睛的注視。他嚥了一口口水。

登斯坦把手伸到口袋，拉出手帕來。他沒辦法繼續看著這個女人了。他把手帕裡的錢胡亂倒在櫃臺上。「這個多少錢，妳就拿吧。」他從桌上挑了一株純白的雪花蓮。

---

❷聖登斯坦是西元十世紀初的英國坎特伯里大主教，據說撒旦曾變化成美女來誘惑他，他拿鐵匠用的長鐵鉗夾住撒旦的鼻子，撒旦痛得受不了，只好恢復原形求饒。

「我們這個攤子是不收錢的。」女子把櫃臺上的硬幣推回去給他。

「不收錢？那妳收什麼？」他十分焦慮不安，而他唯一的任務就是買一朵花給黛西，黛西・海斯塔，所以他想拿了花就馬上離開，因為，老實說，這個年輕女子讓他非常不自在。

「我可以收下你頭髮的顏色，」她說，「或是你三歲之前的記憶。我也願意取走你左耳的聽力——不是全部，只是讓你無法再享受音樂或欣賞河流潺潺的水聲和風颯颯吹動的聲音。」

登斯坦搖頭。

「要不，你給我一個吻。就親在我臉頰上。」

「那我打從心底願意付給妳！」登斯坦邊說邊傾身靠在櫃檯上，在水晶花朵清亮的叮噹聲中，他心無邪念地在她柔軟的臉頰印上一個吻。他聞到女子身上不可思議的迷人香氣，縈繞在他面前，占據他整個胸腔及所有心思。

「哪，拿去。」女子把雪花蓮交給他。他伸出雙手接過，忽然覺得自己的手又大又拙，完全比不上精靈女孩那雙精緻完美的小手。「登斯坦・宋恩，今天晚上月亮下山的時候，我要你回到這裡來。來了以後，像縱紋腹小鴞一樣咕咕叫。你做得到嗎？」

他點了點頭，腳步蹣跚地離開。他不需要問女子怎麼知道他姓什麼；因為他親吻對方的時候，對方已經把他的姓氏和其他一些東西拿走了。比方說，他的心。

雪花蓮在他手裡輕輕響著。

登斯坦在波謬斯先生的帳篷裡遇見黛西・海斯塔，她正和家人及登斯坦的父母同坐，吃著美味的棕色臘腸，喝著黑啤酒。「怎麼了，登斯坦・宋恩？」黛西說，「到底出了什麼事？」

「我給妳買了禮物。」登斯坦低聲說，把叮噹作響的雪花蓮硬推給黛西，花朵在午後的陽光下閃閃發光。黛西迷惑地從他手中接過花，手指上還沾著臘腸的油漬。登斯坦衝動地傾身向前，在她雙親和妹妹面前，在布麗琪・康菲和波謬斯先生及眾人面前，親吻了她白皙的臉頰。

人們的喧鬧喊叫自不在話下，但海斯塔先生可沒有在精靈仙境與牆外國度的邊界上白活五十七年，他高聲說道：「噓！安靜！你們看看他的眼睛。你們看不出這個可憐的男孩喪失了理智，既茫然又困惑嗎？我敢打賭他被下咒了。喂！湯米・佛瑞斯特，到這裡來！把登斯坦・宋恩這年輕人帶回鎮上去，好好看著他。如果他想睡就讓他睡一覺，他想談談就陪他說說話。」

湯米陪著登斯坦走出市集，回到石牆鎮。

「好了，那麼黛西，」她母親一面說，一面撫摸她的頭髮，「他只是稍微被施了點魔法，沒什麼大不了的。用不著這麼激動。」說著便從豐滿的雙峰間拉出一條蕾絲手帕，輕輕擦拭女兒忽然沾滿了淚水的雙頰。

黛西抬起頭，抓住母親的手帕擤了擤鼻子。海斯塔太太困惑地發現黛西的淚眼中似乎帶著笑。

「可是媽媽，登斯坦親了我。」黛西・海斯塔說。她把水晶雪花蓮仔細地插在帽子前端，花朵在上面閃閃發光，發出和諧的樂音。

海斯塔先生和登斯坦的父親搜索了好一陣子，才找到那個賣水晶花朵的小攤。但照顧攤子的是一個年老婦人，身邊伴著一隻非常美麗的異國鳥兒，一條細銀鏈把鳥鎖在棲木桿上。他們跟這個老婦人說不通，因為他們試著問她登斯坦發生了什麼事，但她只是一個勁兒地抱怨某個忘恩負義的笨蛋將她最寶貴的收藏拿去送人，又說這是個悲哀的時代，現在的僕人真是差勁等等。

空無一人的鎮上（舉行精靈市集時，誰還會留在鎮上？），登斯坦被帶進「第七隻喜鵲」，被安排坐在高背木椅上。他單手支著前額，不知道該盯著哪裡看，又不時像風一樣迅速地重重嘆氣。

「喂，聽著，老兄，打起精神來！這才對，笑一個嘛！要不要吃點兒東西？還是喝點什麼？不要？我說，你看起來真的很奇怪吶，登斯坦？」湯米．佛瑞斯特試著跟他說話，卻得不到任何回應。湯米開始想自己回到市集去。他揉揉自己一摸就痛的下巴。現在可愛的布麗琪一定被某個相貌堂堂的高大紳士護衛著，那紳士穿著異國服飾，還帶著吱吱叫的小猴子。他告訴自己，他的朋友在這空蕩蕩的旅館裡一定會很安全，便穿越小鎮，回到石牆的閘口。

湯米重回市集，發現這地方真是熱鬧極了。這狂野的地方到處都有木偶秀、雜耍表演和會跳舞的動物，還有馬匹拍賣和各式各樣供人採購或交換的物品。

黃昏時分，換成另一種人登場。總會有小販大喊「快報」，就如同當今報紙的頭條新聞，例如「暴風堡勳爵患有神祕疾病！」「烈火山莊遷移到沙丘堡！」「加拉蒙地主唯一的繼承人變成咕嚕咕嚕叫的威金豬！」只要花一個銅板，就可以一睹新聞內容。

太陽下山，碩大的春月露出臉來，早早就高掛天空。寒冷的微風襲人，小販都躲回帳篷裡，悄聲邀請逛市集的遊客共享各種不可思議的事物，只要付錢就看得到。

當月亮沉向地平線，登斯坦．宋恩悄悄沿著石牆鎮的鵝卵石街道走。他走過許多尋歡作樂的遊客或外國人身邊，卻幾乎沒人在他行走時注意到他。

登斯坦溜進石牆閘口（這石牆是很厚的），他跟他父親都曾好奇過，想知道如果走在石牆上頭會怎麼樣。

穿越閘口走進牧草地後，這一夜，登斯坦有生以來第一次想要繼續穿越牧草地，橫越溪流，消失在遠方的樹林裡。他尷尬地想著這些事，就像招待了某個不速之客。當他抵達目的地，便努力拋開那些想法，就像對客人道歉，咕噥著自己有另一個先訂下的約會，必須離開。

月亮下山了。

登斯坦把手舉到嘴邊，發出咕咕的叫聲。沒有任何回應。天空顏色很深，也許是藍色，或是紫色，但不是黑色；閃爍著比一般人想像中更多的星星。

他又咕咕叫了一次。

「那個？」女子在他耳邊厲聲說道，「一點也不像縱紋腹小鴞。有可能是雪鴞，甚至是倉鴞。如果我用小樹枝把耳朵塞起來，也許我會想像成鷹鴞。總之不是縱紋腹小鴞。」

登斯坦聳了聳肩，有點傻氣地笑了笑。精靈女孩在他身邊坐下。她讓登斯坦迷醉，他呼吸著她的氣味，透過毛孔感受她的存在。她靠得好近。

「你認為你被下了咒嗎？可愛的登斯坦？」

「我不知道。」

她笑了，笑聲聽起來就像清澈泉水，自岩間汩汩冒出。

「小帥哥，小帥哥。你沒有被下咒。」她躺回草地凝視著天空。「你的星星，」她問，「都像什麼樣子？」登斯坦在她身邊涼涼的草地上躺下，目不轉睛地看著夜空。那些星星還真有點奇怪，也許是更多彩、更閃爍，就像小寶石一樣；也許星座和小星星的數目有點不尋常，這些星星有些奇怪又有些美妙。然而……

他們背靠背躺著，朝上凝視天空。

「你這一生想要什麼？」精靈少女問道。

「我不知道，」他承認，「妳吧，我想。」

「我要自由。」她說。

登斯坦伸手往下摸到那條從她手腕連到腳踝的銀鏈，另一端隱沒在草叢裡。他使勁扯了扯，銀鏈比看起來要堅固。

「這是在銀中混入貓的鼻息、魚鱗和月光製成的。」她對登斯坦說，「除非咒語破解，否則是不會斷的。」

「喔。」他躺回草地上。

「我不應該那麼在意，反正是一條很長很長的鏈子；但知道有這條鏈子就是讓我心煩，而且我想念我父親的領土。再說這個女巫也不是什麼好主人。」

然後她陷入沉默。登斯坦靠向她，伸出手摸她的臉，感覺有什麼溼熱的東西濺在手上。

「怎麼了？妳在哭。」

她什麼也沒說。登斯坦把她拉向自己，用大手徒勞無功地擦她的臉頰；接著試探著靠近她啜泣的臉，不確定在這樣的情況下這麼做是否正確。登斯坦把嘴緊緊貼上她灼熱的雙脣，吻了她。

她遲疑了一會兒，才張開嘴迎合，將舌頭滑進登斯坦嘴裡；而他在這片奇異的星空下，無可救藥地迷失了。

他親吻過鎮上的女孩，但從未進到下一階段。

登斯坦的手透過她的絲袍，感受到她小巧的乳房，碰觸到乳頭上硬硬的小突起。女孩像溺水一樣緊緊抱住他，笨手笨腳地摸索他的襯衫和褲子。

她真是嬌小極了，登斯坦好怕自己會把她弄痛或是弄壞了。還好沒事。女孩在他身下扭動，喘著息舉起雙腿，用手引導他。

她在登斯坦的臉和胸膛印上無數個炙熱的吻，跨坐在他身上，一面喘氣一面笑著，汗溼滑溜得像一條小魚。而登斯坦在狂喜中拱起身奮力推進，腦袋裡滿滿都是她、只有她。登斯坦如果知道她的名字，一定會大聲喊出來。

結束時，他想要抽出，但女孩把他留在自己身體裡，雙腿纏繞著他，擠得那麼用力，他覺得他們兩個在宇宙中占據了同一個位置。在被強力捲入的那一刻，他們彷彿是一體的——相互給予，同時接受。此時群星漸漸隱入黎明前的夜空。

他們並肩躺在一起。

精靈女子整理絲袍，再一次端端正正包覆起來。登斯坦帶著幾許惆悵拉上褲子，緊緊握住她的小手。

他皮膚上的汗水已乾，感到寒冷而寂寞。

黎明的灰色天空逐漸亮了起來，現在登斯坦看得見她了。周圍的動物醒來開始活動：馬兒跺腳；鳥兒醒來，用歌聲迎接黎明；住在市集牧草地各處帳篷裡的人開始起身活動。「喏，你該走了。」她柔聲說道，有些惋惜地用捲雲般的紫羅蘭眼睛看著他，接著溫柔地吻了他，親在嘴上。她的嘴唇嘗起來像壓碎的桑椹。她站起來，走回小攤後面的吉普賽篷車。

暈眩又孤單的登斯坦走過市集，覺得比實際的十八歲老了好多好多。

他回到牛棚，脫下靴子，一覺睡到太陽高掛在天空才醒來。

第二天市集結束了，儘管登斯坦沒再回到市集，但外地人離開了鎮上，石牆鎮的生活恢復正常。也許跟大部分的鄉鎮生活比起來，稍微不是那麼正常（特別是當風吹錯方向的時候），但是，整體而言，所有的事情都夠正常了。

市集過後兩個星期，湯米．佛瑞斯特向布麗琪．康菲求婚，她接受了。又過了一個星期，海斯塔太太在某天早上去拜訪宋恩太太，兩人在起居室裡喝茶。

「佛瑞斯特家的男孩真幸運啊。」海斯塔太太說。

「沒錯，」宋恩太太說道，「再來一塊小圓餅吧，親愛的。我猜想妳們家黛西會當伴娘。」

「放心，她會的，」海斯塔太太說，「只要她活得夠久。」

宋恩太太抬起頭，心生驚恐。「怎麼了？她沒生病吧？海斯塔太太。可別跟我說她病了。」

「她什麼也不吃，一直消瘦下去，宋恩太太。她只有偶爾喝一點點水。」

「噢，天啊！」

海斯塔太太繼續說：「昨晚我終於找出原因了。是妳家的登斯坦。」

「登斯坦？不會吧？」宋恩太太舉起一隻手來遮住嘴。

「喔，不是，」海斯塔太太連忙搖頭，噘起了嘴。「事情不是那樣。登斯坦忽視了她，好多天沒見面了。她已經認定登斯坦不再關心她，只能拿著他送的雪花蓮掉淚。」

宋恩太太從罐子裡多舀了些茶葉放進茶壺，添上熱水。「老實說，」她承認，「登斯坦他爸爸跟我都有點擔心登斯坦。他最近簡直是失魂落魄。只有這幾個字能形容了。他也不把工作做完。他爸爸說這小夥子需要好好定下心來。要是能定下來，他爸爸說要把整個衛斯渥德牧場都給他呢。」

海斯塔太太緩緩點了點頭。「海斯塔當然也想要我們家黛西開心。他一定會把家裡的綿羊分一大群給她。」大家都知道海斯塔家的綿羊是這附近最好的，皮毛長軟又聰明（對綿羊來說），犄角捲曲，四蹄輕快靈敏。海斯塔太太和宋恩太太啜飲手中的茶。事情就這麼說定了。

登斯坦．宋恩和黛西．海斯塔在六月舉行了婚禮。你可以說新郎似乎有點意亂情迷，那是因為新娘就像以往所有的準新娘一樣，可愛又容光煥發。

在他們身後，兩人的父親討論著為新人在衛斯渥德牧場上興建農舍的計畫。兩人的母親都同意黛西看起來美極了，只可惜登斯坦不讓黛西把他四月底在市集上買給她的雪花蓮佩戴在結婚禮服上。

在深紅、鵝黃、粉紅、白色的玫瑰蓓蕾的花雨中，他們的故事即將畫上句點。

或者說，快了。

農舍還沒蓋好之前，他倆住在登斯坦的小屋裡。兩人確實是夠快樂，而飼養綿羊、趕羊、剪羊毛、養育小羊等日復一日的工作，漸漸緩和了登斯坦恍惚的眼神。

第一個秋天來臨，接著是冬天。就在二月底，母羊生產的季節，天氣非常寒冷。冰冷的毛毛細雨不停從鉛灰色天空落下，刺骨寒風咆哮著吹過荒野和蕭條的森林。傍晚六點，太陽已經下山，天色很黑，有個柳條籃推進了石牆的空隙。在閘口兩邊的守衛一開始並未注意到這個籃子。畢竟他們不是站在那一邊，而當時又溼又暗，他們只顧著跺腳取暖，憂傷而寂寞地凝視著鎮上的燈光。

然後，傳來一陣激烈尖銳的啼哭。

這時他們才往下一瞧，看到腳邊的籃子。籃子裡有一捆東西，裹在油膩的絲巾和羊毛毯之間。這捆東西的頂端冒出一張號哭的通紅小臉，小眼睛皺在一起，小嘴張口發出聲音，他餓了。

寶寶的毛毯上有枚銀色別針，別著一小片羊皮紙，紙上用優雅而略帶古風的筆跡寫著這幾個字：

2

在此，

崔斯坦．宋恩邁入成年期，並許下魯莽的承諾許多年過去了。

精靈市集又一次如期在石牆的另一邊舉行。幼小的崔斯坦·宋恩八歲，他沒去市集，反而被打發到某個須耗費一天車程的村莊去，暫住在極為疏遠的親戚家裡。

他的妹妹路薏莎只比他小六個月，卻獲准前往市集，這是使男孩心中充滿怨恨的起點。路薏莎從市集上買回來的玻璃球裡裝滿了亮片，會在昏暗的光線下閃爍發光，還會在他們農舍陰暗的臥室裡，散發溫暖柔和的光輝；而崔斯坦卻只從親戚那兒帶回討厭的痲疹。

不久之後，農場的貓生了三隻小貓：兩隻跟媽媽一樣黑白相間，還有一隻小小貓，毛皮泛著淺灰的藍色光澤，眼睛會隨心情改變顏色，從綠色、金色到鮭魚紅、深紅、朱紅。

這隻小藍貓給了崔斯坦，以補償他沒能去市集的遺憾。小貓長得很慢，在某天傍晚之前一直是世界上最逗人喜愛的小貓。那天，牠不耐煩地在屋裡走來走去，大聲喵喵叫，毛地黃似的紫紅色眼睛閃閃發亮；崔斯坦的父親在農地忙了一整天回到家，這隻貓則嚎叫著衝出大門，消失在薄暮中。

石牆的警衛只管人，不管貓。崔斯坦那年十二歲，從此再也沒看過那隻藍貓。他沮喪了好一陣子。某天晚上，他父親走進他的臥室，坐在床尾粗聲說道：「牠在牆的那一邊會比較快樂，跟同類在一起。你就別再煩惱了，小夥子。」

關於這件事，他母親什麼也沒跟他說，因為她什麼事都不太跟崔斯坦說。有時崔斯坦抬起頭，會看到母親目不轉睛瞪著他，好像想從他臉上找出什麼祕密似的。

妹妹路薏莎會在他們早晨走路去鎮上的小學時拿這件事刺他；還會拿好多事出來百般折磨他，比方說，他耳朵的形狀（他的右耳差不多是尖的，平貼著頭皮，但左耳就不是這樣），或是他講過的蠢話。有一次在他們從學校回家的路上，他跟路薏莎說，太陽下山時，天邊一撮撮蓬鬆雪白的小雲朵是綿羊。之後，無論他如何解釋他的意思只是那些雲讓他想起綿羊，或某種很像綿羊的蓬鬆物，都沒有用。路薏莎像小妖怪一樣，惡狠狠地笑他、戲弄他、折磨他。更糟糕的是，她還告訴其他孩子，煽動他們在崔斯坦走過時，悄悄地「咩咩」叫。路薏莎是天生的煽動者，還會在哥哥身邊繞著圈圈跳舞。

鎮上的小學是好學校，在女校長雀麗太太的監護下，崔斯坦．宋恩學了所有關於小數、經度、緯度的知識。他會用法文向園丁借筆——事實上是跟自己的姑姑借筆；他也學了從一〇六六年的征服者威廉到一八三七年的維多利亞女王之間，所有英格蘭國王和女王的名字。他學會閱讀，還寫得一手漂亮工整的字。來到鎮上的旅人很少，但偶爾會有小販來販賣廉價恐怖小說給鎮民，講述一些可怕的謀殺案、命中注定的相遇、悲慘的事情、驚人的逃脫事件。多數小販也賣歌譜，一便士兩份，有些人會買回家，聚在鋼琴旁，唱些像是〈熟透的櫻桃〉和〈在我父親的花園〉之類的歌。

日子一天天過去，許多星期過去了，許多年也過去。崔斯坦十四歲，透過黃色笑話、祕密耳語和猥褻的民謠，他學會了「性」。他十五歲的時候，從湯瑪斯．佛瑞斯特先生屋外的蘋果樹上摔下來，跌傷了手臂。更精確地說，他是從維多利亞．佛瑞斯特小姐臥室窗外的蘋果樹上摔下來的。讓崔斯坦失望的是，除了僅僅瞥到一眼粉嫩撩人的維多利亞之外，什麼也沒看到。維多利亞跟他妹妹同年，毫無疑問是方圓百哩內最美麗的女孩。

到了維多利亞十七歲的時候，崔斯坦也是十七歲，他很肯定維多利亞極可能是不列顛群島上最美麗的女孩。崔斯坦堅持她就算不是全世界最美麗的，也是全大英帝國最美麗的。如果你跟他爭辯，他就會（要不就是打算）賞你一耳光。不過你很難在石牆鎮找到跟他持不同意見的人。維多利亞吸引了許多人的目光，而且也很可能傷了許多人的心。

這裡描述一下：她和母親一樣有灰色的眼睛和心型臉蛋，跟父親一樣有栗色鬈髮；她的雙唇紅潤，形狀完美。她說話時，雙頰會透出可愛的玫瑰色。她的皮膚白皙，而且十分賞心悅目。她十六歲的時候跟母親狠狠吵了一架，因為她打從心裡認定自己將來要在「第七隻喜鵲」當廚娘。「我跟波謬斯先生談過這件事了，」她告訴母親，「他一點也不反對。」

「不管波謬斯先生怎麼想，」她的母親（從前的布麗琪．康菲）答道，「那都不重要。那是最不適合年輕小姐的職業。」

整個石牆鎮著迷地旁觀這場意志力的戰爭，很想知道結果到底會如何，因為沒有人能阻撓布麗琪．佛瑞斯特。鎮民都說，她的舌頭能打掉穀倉門上的油漆，撕裂橡樹的樹皮。鎮上沒有一個人想跟布麗琪．佛瑞斯特唱反調。他們甚至說，要石牆走路搞不好還比讓布麗琪．佛瑞斯特改變心意容易些。

但是維多利亞．佛瑞斯特慣於照自己的心意行事，而不管是不是所有的辦法都失敗了，她都會去找父親，而她父親則會同意她的要求。不過，讓維多利亞驚訝的是，這回連她父親都同意她母親的說法，認為在「第七隻喜鵲」工作不是年輕有教養的小姐該做的事。然後湯瑪斯．佛瑞斯特把下巴一收，這件事便到此為止。

鎮上每一個男孩都愛上了維多利亞．佛瑞斯特。還有許多嚴肅的紳士，雖平靜地結了婚、鬍子也灰白了，卻會在她走過街上時目不轉睛盯著她瞧，在片刻間又變成男孩，回到生命中的春天，腳步裡也有了春意。

「聽說曼德先生是妳的仰慕者之一。」五月的一個午後，路薏莎．宋恩在蘋果園裡對維多利亞．佛瑞斯特說道。

一旁有五個女孩，坐在果園裡最老的蘋果樹樹枝上，蘋果樹巨大的樹幹提供了舒適的座位和支撐。每當五月的微風吹過，粉紅色的花便像雪般傾覆而下，落在她們的頭髮和裙子上。午後的陽光穿過蘋果園裡的樹葉，參雜著綠色、銀色和金色的斑紋。

維多利亞不屑地說：「曼德先生少說也有四十五歲了。」十七歲的她做了個鬼臉，以表示四十五歲到底有多老。

「總之，」路薏莎的表妹賽西莉雅．海斯塔說，「他已經結婚了。我可不想嫁給結過婚的人。這就像……」她試圖表達自己的看法，「別人馴服了我的小馬一樣。」

「我個人認為那是嫁給鰥夫的唯一好處。」愛蜜麗．羅賓森說道，「也就是說，已經有別人把稜角磨掉，馴服了他。再說，我可以想像到了那個年紀，他的肉欲早就已經獲得滿足、所剩無幾了，這可以讓我們避免一些可恥的行為。」

盛開的蘋果花中響起一陣急忙強忍住的咯咯笑聲。

「話是沒錯，」露西．皮聘說得吞吞吐吐，「就算曼德先生已經四十五歲了，但是可以住在大房子裡、擁有四輪大馬車、假期時還能到倫敦旅行，到巴斯喝礦泉水，或是去布萊頓享受海水浴，都還是很不錯呢。」

其他女孩發出尖叫，將大把大把的蘋果花用力拋向她。尖叫得最大聲，扔出最多花的，就屬維多利亞．佛瑞斯特。

十七歲的崔斯坦．宋恩僅僅比維多利亞大六個月，正介於男孩和男人中間，而且對這兩個角色都同樣感到不自在。他最突出的便是手肘和喉結。他的頭髮是溼稻草的棕色，以十七歲少年的奇怪角度難看地向前伸出，無論怎麼弄溼頭髮重新梳理都沒有用。

他內向得使人同情，又過猶不及地總想彌補，就像這麼害羞的人都有的習慣，他會在錯誤的時機太大聲說話。崔斯坦很滿意現況，一如那些有大好前途在面前的年輕人。當他在牧場上、或在鎮上的「曼德與布朗商店」後頭那張高高的桌前做白日夢，他會幻想自己乘火車直達倫敦或利物浦，搭上蒸汽輪船橫越灰色的大西洋到美洲去，從新大陸的野蠻人手中賺得大筆財富。

每當風從石牆的那一邊吹來，帶著薄荷、百里香、紅醋栗的氣味，鎮上壁爐裡的火苗就會出現奇怪的顏色。當那種風吹起，最簡單的器具（從黃磷火柴到幻燈片）都會失靈。

在那些時候，崔斯坦・宋恩的白日夢總是很奇怪，都是些使他內疚的幻想，雜亂無章、稀奇古怪。像是穿越森林的旅程，營救公主離開宮殿，還有關於騎士、惡作劇的侏儒和美人魚的夢。這些思緒湧向他時，他會從屋子裡溜出來，躺在草地上，目不轉睛地仰望星星。

因為我們的市鎮把太多光線加諸到夜空，所以很少有人看過前人看到的星星。但從石牆鎮望上去，星星就像宇宙或思緒般井然陳列，像森林裡的樹木或樹上的葉子般無法計數。崔斯坦深深凝視黑暗的天空，直到什麼也不想才會回到床上，睡得像死人一樣。

他長得高瘦，又潛力無限，就像一桶炸藥，等著某人或某事來點燃他的導火線；但沒有人點燃過，因此他在週末和傍晚去農場幫忙父親，白天則替布朗先生工作，在「曼德與布朗商店」當店員。

「曼德與布朗商店」是鎮上的雜貨店，店裡總維持一定的日用品庫存，同時有許多生意是通過清單談成：鎮民會給布朗先生一張清單，列出需要的東西，內容從肉類罐頭、羊油蠟燭到切魚刀、煙囪筒都有。「曼德與布朗商店」的店員把所有要買的東西匯集成一張總表，讓曼德先生帶著這張總清單和一輛由兩匹高大的夏爾馬拉著的大貨車，出發到最近的郡府。他會在短短幾天內買齊單子上的所有貨物，一整車堆得高高地回來。

十月底一個寒冷而狂風大作的傍晚，就像那些彷彿要下但從來沒下過雨的日子。維多利亞・佛瑞斯特帶著清單走進「曼德與布朗商店」，單子上頭是她母親一絲不苟的筆跡。她按下櫃臺邊的小服務鈴。

她看見崔斯坦從後面的房間出現，顯得有些失望。「日安，佛瑞斯特小姐。」

她勉強微微一笑，把清單遞給崔斯坦。

單子上寫著：

半磅西米
十罐沙丁魚
一瓶蘑菇番茄醬
五磅米
一罐甘蔗糖漿
二磅醋栗
一瓶胭脂
一磅大麥糖
一先令盒❸榮特瑞牌精選可可粉
三分升❹罐裝奧凱牌刀具亮光劑
六分升布倫司威克黑漆❺
一小包斯溫伯恩魚膠
一瓶家具乳霜

---

❸ shilling box，十九世紀流行於英國的有蓋鐵盒。

❹ deciliter，相當於一百毫升。

❺ 一種快乾黑漆，塗於鐵製器具表面可形成持久的保護膜。

一柄肉汁湯杓
一個九便士的肉汁濾網
一組廚房摺疊梯

崔斯坦看著單子，想找出有什麼他能談的東西（任何一種都好）當作聊天的開場白。

他聽見自己的聲音：「我想，妳要做米布丁吧，佛瑞斯特小姐。」他話一出口，就知道自己不該說這個。維多利亞噘起完美的雙脣，瞇起灰色的眼睛說道：「對啊，崔斯坦。我們要吃米布丁。」

接著她對崔斯坦微微一笑，說：「我母親說，吃夠分量的米布丁有助於抵擋傷風感冒，還有其他秋天的疾病。」

「我母親，」崔斯坦坦承，「總是極力推薦木薯布丁。」

他把清單插到一根大釘子上。「我們明天早上可以把大部分的東西送過去，剩下的會跟曼德先生一起在下星期初回來。」

一陣狂風吹過，強烈得讓鎮上的窗戶都嘎吱作響。每個屋頂上的風信雞都被吹得不停打轉，讓人再也分不清東南西北。

「曼德與布朗商店」壁爐裡燒著的火堆，彎彎曲曲噴出青綠和深紅色的火舌，頂端射出閃爍的銀光。那種閃光在起居室火爐裡用浸過油的鐵屑也弄得出來。

這陣風從東邊的精靈仙境吹過來，崔斯坦突然發現體內升起一股很大的勇氣，是他從來沒想過自己會擁有的。「佛瑞斯特小姐，我再過幾分鐘就下班了。也許我可以陪妳走一小段路回去。我還滿順路的。」他等著，維多利亞的灰眼睛饒富興味地凝視他，他的心臟差點從嘴裡跳出來。好像過了一百年，維多利亞說：「當然好。」

崔斯坦趕緊跑進休息室通知布朗先生他要下班了。布朗先生以有些令人不快的方式發出咕噥聲，告訴崔斯坦，在他年輕的時候，他不只每天得在店裡留到很晚，負責關店門，而且還睡在櫃臺後面的地板上，只能用外套當枕頭。

崔斯坦同意自己確實是幸運的年輕人，他祝布朗先生晚安，從衣架取下外套，從帽架取下新買的圓頂硬禮帽，走出店門。維多利亞在鵝卵石街道上等著他。

行進間，秋天的暮色提早轉成了深暗的黑夜。崔斯坦在空氣裡聞得到冬天的前兆：一種濃烈的氣味，混合夜霧和強烈的黑暗與落葉。

他們沿著蜿蜒的小徑，朝佛瑞斯特農場往上走。白色的新月高掛在天空，星星在他們頭頂的夜空中發光。

「維多利亞。」過了一會兒，崔斯坦說。

「什麼事，崔斯坦？」維多利亞說。她一直專心一意地走路。

「如果我想親吻妳，妳會不會認為我很冒失？」崔斯坦問道。

「會，」維多利亞乾脆而冷淡地回答，「非常冒失。」

「啊。」崔斯坦說。

他們走上戴提斯崗，什麼也沒說；在山崗最高處，他們轉身俯瞰石牆鎮，所有隱約顯現的燭火與油燈從窗戶裡透出光亮來，溫暖的黃色光線顯得那麼誘人；在那之上的光芒來自無數星星，光采奪目、閃閃發光，遙遠而冰冷，數目超乎想像。

崔斯坦伸出手，把維多利亞的小手握在手中。她沒有掙脫。

「你看到那個了嗎？」維多利亞凝視著遠方，問道。

「我什麼也沒看到，」崔斯坦說，「我剛剛在看妳。」

維多利亞在月光下微笑。

「妳是世界上最可愛的女人。」崔斯坦打從心底說道。

「最好是。」維多利亞說，但語氣很溫柔。

「妳看到了什麼？」崔斯坦問。

「流星，」維多利亞說，「我相信每年這個時候，流星還滿常見的。」

「維琪，」崔斯坦說，「妳吻我好嗎？」

「不好。」她說。

「我們小時候妳吻過我。妳十五歲生日那天在誓約的橡樹下吻了我。去年五月一日妳也吻了我，在妳父親的牛棚後面。」

「我那時不是我自己，」她說，「而且我不應該吻你，崔斯坦。」

「如果妳不吻我，」崔斯坦追問，「那妳嫁給我好嗎？」

斜坡上非常寂靜，只有十月的風颯颯吹過。接著是一陣銀鈴般的聲響：那是全不列顛群島上最美麗的女孩開心愉快的笑聲。

「嫁給你？」她用懷疑的語氣重複道，「為什麼我應該嫁給你，崔斯坦？你能給我什麼？」

「給妳什麼？」他說，「維多利亞，我可以為了妳到印度去帶回象牙、跟妳的拇指一樣大的珍珠、還有跟鵪鶉蛋一樣大的紅寶石。

「我會去非洲，帶回像板球那麼大的鑽石給妳。我會找到尼羅河的源頭，用妳的名字命名。

「我會去美洲，直達舊金山的金礦，找到跟妳一樣重的黃金才回來。然後我會把黃金搬回這裡，鋪在妳的腳下。

「只要妳開口，我就會前往遙遠的北方，殺死凶猛的北極熊，把牠們的獸皮帶回來給妳。」

「在你講到殺死北極熊這部分之前，」維多利亞說，「我認為你表現得相當好。即使如此，我仍然不會親吻你這個小店員、小農夫，也不會嫁給你。」

崔斯坦的眼睛在月光下閃閃發亮。「我會為了妳去遙遠的中國，從海盜頭子手中奪取裝滿翡翠、絲綢和鴉片的中國大帆船回來給妳。

「我會去世界底端的澳大利亞，」崔斯坦說，「帶給妳……嗯……」他努力回想以前讀過的廉價恐怖小說，設法回想是否有英雄造訪過澳大利亞。「袋鼠，」他說，「還有蛋白石。」他補充道。他對蛋白石相當有把握。

維多利亞握緊他的手。「我要袋鼠做什麼？」她問道，「現在，我們最好各自回家了，否則我父母會想知道我是給什麼事情耽擱，然後做出一些完全錯誤的結論。因為我根本沒有吻你，崔斯坦。」

「吻我吧，」他懇求，「為了妳的吻，我什麼事都願意做。什麼高山我都願意攀登，什麼河流我都願意橫渡，什麼沙漠我都願意穿越。」

他比了一個很大的手勢，指著下方的石牆鎮和頭頂的夜空。此時，低掛在東邊地平線上的獵戶星座中，忽然有顆星星一閃而落。

「為了妳的吻和牽手一生的誓約，」崔斯坦誇張地說，「我要把那顆流星帶回來給妳。」

他打了個哆嗦。他的外套很薄，而且他顯然得不到維多利亞的吻，這使他感到困惑。那些廉價小說裡的英雄要得到親吻，從來沒那麼麻煩。

「繼續啊。」維多利亞說，「如果你辦得到，我會吻你。」

「什麼？」崔斯坦問。

「如果你把那顆星星帶回來給我，」維多利亞說，「剛剛掉下去的那顆，而不是別的星星，那麼我就會吻你。誰知道我還會做什麼？好了，現在你不需要去澳大利亞，也不用去非洲還是中國了。」

「什麼？」崔斯坦問。

維多利亞朝他一笑，抽回自己的手，開始步下山崗，走向父親的農場。

崔斯坦跑著追上她。「妳是說真的嗎？」他問。

「我認真的程度就跟你那些紅寶石呀，黃金呀，鴉片的花言巧語一樣。」她答道，「話說，什麼是鴉片啊？」

「止咳藥水裡的某種成分，」崔斯坦說，「就像尤加利葉。」

「聽起來不是特別浪漫。」維多利亞說，「總之，你不是該跑去追回我的流星嗎？它掉到東邊去了，就在那邊。」然後她又笑了。「愚蠢的小店員。你最多只能確保我們有做米布丁的材料。」

「那如果我把流星帶回來給妳呢？」崔斯坦輕聲問道，「妳要給我什麼？一個吻？還是在婚禮上把妳的手交給我？」

「任何你渴望的東西都可以。」維多利亞愉快說道。

「妳發誓？」崔斯坦問。

他們現在離佛瑞斯特家的農舍已經不到一百碼，窗戶裡透出黃橘色的油燈光芒。

「當然。」維多利亞微笑著說。

通往佛瑞斯特家農場的小路上滿是爛泥，馬匹、牛群、綿羊和狗在潮溼鬆軟的土地上留下帶泥的腳印。崔斯坦雙膝跪倒在泥地裡，一點也不在意自己的外套或是呢絨長褲。「遵命。」他說。

那時，東邊吹來一陣風。

「夫人，我將在此與妳告別。」崔斯坦說，「因為我有一項緊急任務，必須到東方去。」他站起來，無視於黏在膝蓋和外套上的汙泥和溼土，向維多利亞鞠了一個躬，舉起禮帽致意。

維多利亞對著這瘦削的小店員大笑，笑得那麼久、那麼大聲、又那麼開心，而她清脆的笑聲伴隨著崔斯坦回到山崗上，然後離去。

崔斯坦一路跑回家。他奔跑時，黑刺莓勾纏住他的衣服，一根樹枝從頭頂上打掉他的帽子。他跌跌撞撞、氣喘吁吁地衝進衛斯渥德牧場農舍的廚房裡。

「看看你這樣子！」他母親說，「實在是！我從來沒看過你這麼狼狽！」

崔斯坦只是對她微微一笑。

「崔斯坦？」他父親問道。登斯坦已經三十五歲了，儘管堅果色澤的棕色鬈髮裡早已有不少銀色的髮絲，但他依然有著中等身材，而且仍然長著雀斑。「你母親在跟你說話。你沒聽到嗎？」

「對不起，父親，母親，」崔斯坦說，「但是我今晚就要離開鎮上。我可能會離開一陣子。」

「無理取鬧！胡說八道！」黛西．宋恩說，「我從來沒聽過這種鬼話。」

登斯坦注意到兒子的眼神。「我來跟他談談。」他對妻子說。黛西以銳利的眼神注視他，點了點頭。「是嗎？」她說，「不過誰要來縫補這男孩的外套？我還真想知道。」她匆匆忙忙離開了廚房。廚房的爐火嘶嘶冒出銀色和微弱的綠色、紫色。「你要去哪裡？」登斯坦問道。

「東方。」他的兒子說。

東方。他父親點了點頭。東方有兩種：穿越森林，東邊的郡縣；以及「東方」，指的是石牆的另一邊。登斯坦不必問就知道兒子指的是哪一個。

「你會回來嗎？」他父親又問。

崔斯坦大大咧開嘴笑了。「當然會。」他說。

「噢，」他父親說，「那就好。」他搔搔鼻子。「你想過要用什麼辦法通過石牆嗎？」

崔斯坦搖了搖頭。「我相信我可以找到辦法，」他說，「如果有必要，就算跟守衛打上一架也要過去。」

他父親吸了吸鼻子。「你不可以打架，」他說，「如果是你或我當班，遇到這種事你會有什麼感受？我不想看到有人受傷。」他又搔抓起鼻子。「去整理行李，跟你母親吻別，我會陪你走到鎮上去。」

崔斯坦整理好一袋行李，放進母親給的六個又紅又熟的蘋果、一大塊農夫麵包和一塊圓型的農家白乳酪。宋恩太太不願意看崔斯坦。崔斯坦親吻母親的臉頰，向她告別，然後跟著父親一起向鎮上走去。

崔斯坦第一次擔任石牆守衛是在十六歲的時候。他只得到一個指示：守衛的任務就是盡可能用一切方法，阻止任何想從鎮上到石牆外面的人。如果阻止不了，守衛就必須尋求鎮上的協助。

他們一邊走著，他一邊好奇父親心裡在想什麼。也許他們兩人聯手可以擊敗守衛。也許他父親會分散守衛的注意力，讓他溜過去……是嗎？

他們通過鎮上來到石牆開口，崔斯坦已經想像過各種可能，就是沒想到實際發生的那一個。

那天晚上值班的是哈洛德．克洛奇貝克和波謬斯先生。哈洛德是磨坊主人的兒子，是個高大健壯的年輕人，比崔斯坦年長幾歲。波謬斯先生仍有著黑色鬈髮和綠色眼睛，笑容誠實又可靠，聞起來有葡萄、葡萄汁、大麥和啤酒的味道。

登斯坦走向波謬斯先生，站在他面前。他跺腳趕走夜晚的寒氣。

「晚安，波謬斯先生。晚安，哈洛德。」登斯坦說。

「晚安，宋恩先生。」哈洛德說道。

「晚安，登斯坦，」波謬斯先生說，「我想你別來無恙。」

登斯坦承認他的確無恙；然後他們談到天氣，都同意這天氣對農人很不好，從冬青漿果和紫杉漿果的數量，可以明白看出今年冬天會很冷、很難熬。

崔斯坦聽著他們談話，在心中準備爆發憤怒，並醞釀受挫的情緒，但他極力控制，什麼也沒說。最後，他父親說：「波謬斯先生，哈洛德，我相信你們都認識我兒子崔斯坦？」崔斯坦緊張地舉起圓頂禮帽，向他們致意。

接著他父親說了些他聽不懂的話。

「我想你們都知道他是從哪裡來的。」登斯坦說。

波謬斯先生點了點頭，不發一語。

哈洛德說他聽過一些傳聞，儘管聽到的東西裡連一半都信不得。

「噢，那是真的。」登斯坦說，「而現在是他回去的時候了。」

「有一顆星星……」崔斯坦開始解釋，但他父親要他保持安靜。

波謬斯先生揉揉下巴，另一隻手略略摸過濃密的黑色鬈髮。「好的。」他說。他轉身低聲對哈洛德說話，崔斯坦聽不見他們在說什麼。

他父親把某個冰冷的東西塞進他手裡。

「你走吧，孩子。去，把你的星星帶回來，願上帝和祂所有的天使都與你同在。」

然後，守衛閘口的波謬斯先生和哈洛德站到兩旁讓他通過。

崔斯坦通過石牆之間的閘口，走進牆另一邊的牧草地。

他轉過身，回望那三個框在閘口裡的男人，心裡疑惑他們為什麼允許他通過。

他把袋子握在一隻手裡前後擺動，他父親按在他手裡的小東西則在另一隻手中。他出發，走上平緩的小丘，朝著樹叢前進。

他越走，夜晚的寒風變得越弱。他走到小丘頂的樹叢，驚訝地發現明亮的月光穿過樹枝照耀著他。他會這麼驚訝，是因為月亮一小時前就下山了；讓他更為驚訝的是，剛剛下山的月亮像又瘦又尖的銀色牛角麵包，但現在照耀著他的卻是巨大金黃的滿月，又圓又亮，顏色很深。

他手中那冰涼的東西輕響了一下：水晶般的叮噹聲，像迷你玻璃教堂裡敲的鐘。他張開手，把東西舉到月光下。

是一株雪花蓮，全用玻璃做成。

一陣暖風拂過崔斯坦的臉，聞起來像薄荷、黑醋栗葉和又紅又熟的李子。他自行招惹的艱鉅難題突然襲來：他走進精靈仙境，尋找一顆墜落的流星，卻完全不知該從何著手，更不用說該怎麼試著保護自己的安全和健康。他回頭看，想像自己看得到身後石牆鎮的燈光，在熱氣氤霧中搖曳、變得微弱，卻仍令人嚮往。

他知道如果他轉身回去，沒有人會因為這件事瞧不起他。他的父親一定不會，母親也不會；即使是維多利亞，下一次看到他，可能不僅僅對他微笑，叫他「小店員」，還會說星星一旦殞落，通常都很難找到。

那時，他停頓了一下。

他想起維多利亞的嘴唇和灰色的眼睛，還有笑聲。他挺起肩膀，解開外套最上方的鈕釦孔，把水晶雪花蓮插在裡面。於是，因為太無知而無所恐懼，由於太年輕而無所畏怯，崔斯坦．宋恩走出了我們熟悉的領域，進入了精靈仙境。

3

在此我們又遇到一些人，其中許多人

還活著，而且對那顆墜落流星的命運很感興趣

第一代暴風堡勳爵在胡昂山的頂峰闢建了暴風堡，從第一紀末統治到第二紀初期。暴風堡在繼任的每代勳爵手裡擴張、改建、開發礦藏、開通隧道，直到原本的山頂斜插入天空，像某種灰色花崗岩巨獸那雕刻華麗的長牙。暴風堡的位置高聳入天，雷雲會先聚集在此，才降到較低處，傾瀉大雨和閃電，摧毀、蹂躪下方地區。

暴風堡第八十一代勳爵躺在房裡奄奄一息，這個房間就像蛀牙的缺洞，闢建在山峰的最頂端。在我們熟悉的世界之外，這個國度依然有死亡存在。

他把孩子們召到床邊，不論活的或死的都來了，都在冰冷的花崗岩宅邸裡顫抖著。他們聚集在父親床邊，恭敬等候，活的站在右邊，死的站在左邊。

他有四個兒子死了：仲敦斯、季特斯、伍特斯、陸特斯❻。他們站著動也不動，灰色的人影虛幻而沉默。

他有三個兒子還活著：伯穆斯、叔提斯、幼穆斯。他們在房間的右側緊挨著，不太自在，把重心從這隻腳換到那隻腳，抓抓鼻子搔搔臉頰，彷彿被死去兄弟沉默的閑靜狀態所羞辱。他們不曾朝房間另一邊死去的兄弟瞥上一眼，盡可能表現出自己跟父親一樣，是冰冷房裡僅有的幾個人。冷風穿過花崗岩上洞開的大窗吹進來。不管是因為他們看不見死去的兄弟，還是因為謀殺了這些兄弟（每人各殺一個，只有幼穆斯殺了兩個。幼穆斯用一盤辣味鰻魚毒死了伍特斯；更為了效率捨棄奸謀詭計，改利用地心引力，在某個晚上趁著與陸斯特讚賞遙遠的下界一場雷電交加的暴風雨時，直接把他推下懸崖），而選擇忽視對方。是驚恐於良心的譴責，或者害怕東窗事發，還是怕鬼，他們的父親都不曉得。

私底下，第八十一代勳爵希望在走到生命盡頭時，七個年輕勳爵已經死了六個，只剩下一個活著。這一個就是第八十二代暴風堡勳爵，也是高崖地的統治者。歸根究柢，這也是他數百年前取得頭銜的方式。

可是現在的年輕人就像一沱麵糊，沒有一點兒幹勁，也沒有記憶中自己年輕時的氣勢和精力。有人在說些什麼。他強迫自己專心聽。

「父親，」伯穆斯用低沉的聲音重複說道，「我們都在這裡了。您要怎麼處置？」

床上的老人凝視著他。隨著令人毛骨悚然的喘息，他吃力地把一縷稀薄寒冷的空氣吸進肺裡，用花崗岩般尖銳冰冷的聲調說道：「我快要死了。我的時間就要到了。你們要帶著我的遺體深入山中的宗廟，然後把這副遺骸——就是我，放進你們看到的第八十一個凹穴。也就是說，你們要把我留在第一個還沒被占用的凹穴裡。如果你們不把我放在那裡，你們就會被詛咒，暴風堡的高塔也會坍塌傾覆。」

他三個活著的兒子什麼也沒說，但四個死去的兒子那兒傳來一陣竊竊私語：或許是悲嘆吧，因為他們的遺體若不是被蒼鷹狼吞虎嚥吃個精光，就是被湍急的河水帶走，一路滾下瀑布、沖到海裡，永遠不能在宗廟裡安息。

「現在。說到繼承權。」勳爵喘息著發出微弱的聲音，就像從一對毀損的風箱裡擠出來的風。活著的兒子抬起頭：最年長的伯穆斯，濃密的棕色絡腮鬍裡已有白鬍鬚，他的鼻子是鷹鉤鼻，灰色的眼睛滿懷期盼；叔提斯，一臉紅金交雜的絡腮鬍，眼睛是黃褐色，看起來很謹慎；幼穆斯才剛長出黑鬍子，個子很高，很像烏鴉。他面無表情，因為他看起來一向漠然。

「伯穆斯，到窗戶那裡去。」

伯穆斯大踏步走向岩石牆面上洞開的大窗，往外看了看。

---

❻七個兒子的名字原文為：Primus（伯穆斯）、Secundus（仲敦斯）、Tertius（叔提斯）、Quartus（季特斯）、Quintus（伍特斯）、Sextus（陸特斯）、Septimus（幼穆斯）。中文譯名根據排行意譯為較簡短的名字，以方便讀者。

「你看到什麼？」

「什麼也沒看到，陛下。我看見夜晚的天空在我們之上，雲層在我們之下。」

老人在覆蓋自己的高山熊皮下打了個寒顫。

「叔提斯。到窗戶邊去。你看到什麼？」

「什麼也沒有，父親。就跟伯穆斯說的一樣。夜晚的天空高懸在我們之上，是瘀腫的青色。灰色的雲層在我們之下，不停翻騰。」

老人的眼睛在臉上痛苦地瞇在一起，就像被捕獲的鳥。「幼穆斯。你。窗戶。」

幼穆斯慢吞吞走到窗邊，站在兩個哥哥身旁，卻不跟他們靠得太近。

「你呢？你看到什麼？」

他朝著大開的窗戶往外看。刺骨的風吹在他臉上，使他的眼睛刺痛流淚。在靛藍色的天空裡，一顆星星閃爍著微弱光芒。

「我看到一顆星星，父親。」

「啊，」第八十一代勳爵喘息著，「把我帶到窗戶邊。」他三個活的兒子把他領到窗邊，四個死兒子悲傷地看著他。老人站著，或者說勉強站著，費力地靠在兒子們寬闊的肩膀上，凝視著鉛色的天空。

他指節腫脹的手指如同枯枝，摸索著掛在脖子上那條沉重銀鏈上的黃玉。鏈子在老人的用力拽下，像蜘蛛網般斷裂。他拿起黃玉，握在拳頭裡，斷掉的銀鏈頭晃蕩著。

暴風堡的死去勳爵彼此用亡者的語言竊竊私議，聽起來就像雪花飄落：那塊黃玉是暴風堡的力量。只要擁有暴風堡的血統，誰戴上黃玉誰就是暴風堡的統治者。第八十一代勳爵究竟會把玉交給哪個倖存的兒子？

活著的兒子們什麼也沒說，只是看著，三人分別表現出一臉期待、小心翼翼和面無表情（但那是虛偽的漠然，就像偽裝得很好爬的峭壁，卻讓人在爬到一半時才了解根本攀登不上去，卻也找不著下去的路，那樣的無動於衷）。

老人推開兒子們的扶持，站得又高又挺。只要心臟還在跳動，他就是暴風堡勳爵，曾在險崖岬一役擊敗北方精怪；他的三個妻子讓他成為八個孩子（其中七個是男孩）的父親；二十歲之前，他在格鬥中殺掉自己的四個兄弟，儘管大哥的年齡幾乎是他的五倍，而且還是名聲卓著的強壯戰士。這樣一個男人舉起了黃玉，用一種早已失傳的語言說了四個字，每個字都像敲響巨大的銅鑼般，在空氣中久久不散。

接著他把玉拋向空中。玉石在雲層上劃出弧線，活著的三兄弟屏住氣息。他們很確定玉石已到了拋物線的頂端，但它卻違反一切定律，繼續朝上飛進天空。

此刻，夜空中閃爍著別的星星。

「那塊玉石是暴風堡的力量之源，凡取回玉石者，就能得到我留下的祝福、還有暴風堡和領土的統治權。」第八十一代勳爵說道，在說話時漸漸流失了力量，最後話音成了老老先生的吱嘎響，像一陣風吹過廢棄的老屋。

兄弟們不論死活，都凝視著那塊玉石。玉石飛向天際，最後消失了蹤影。

「我們應該把老鷹抓來，套上韁繩，好把我們帶到天空上嗎？」叔提斯為難又焦急地問道。

他的父親什麼也沒說。最後一道日光消逝，群星高掛在他們頭上，燦爛得難以數計。

一顆星殞落。

儘管不太確定，但叔提斯想，那就是傍晚的第一顆星星，也是弟弟幼穆斯所說的那一顆。

星星急速下落，在夜空中劃出一道光痕，掉落在他們西南方的某處。

「好了。」第八十一代勳爵低語，接著便倒在房間的鋪石地板上，再也沒了呼吸。

伯穆斯抓了抓絡腮鬍，朝下看著這皺成一團的東西。「我呢，」他說，「有一半想把這老廢物的屍體推出窗外。講那些愚蠢的話算什麼？」

「最好不要，」叔提斯說，「我們可不想看到暴風堡坍塌傾覆。我們也不希望詛咒因此降臨在我們頭上。最好還是把他放到宗廟裡去。」

伯穆斯一把抓起父親的屍體，放回鋪滿毛皮的床上。「我們得告訴百姓他死了。」他說。

四個死兄弟聚集到窗戶旁的幼穆斯身邊。

「你覺得他在想什麼？」伍特斯問陸特斯。

「他在想那塊玉石可能會掉在哪裡，要怎樣最先抵達。」陸特斯說道，想起自己摔落在岩石上，進入了永恆。

「我巴不得是這樣啊。」已故的第八十一代暴風堡勳爵對四個死兒子說。但那三個還沒死的兒子什麼也沒聽到。

像「精靈仙境有多大？」這樣的問題，很難得到簡單的答案。

畢竟，精靈仙境並非國家，也不是什麼公國或自治領地。精靈仙境的地圖並不可靠，恐怕也不值得信賴。

我們談論精靈仙境的國王和王后，就像我們會談到英格蘭的國王和王后一樣。不過精靈仙境比英格蘭大，也比這個世界大（因為，打從渾沌初開，每一塊被探險家和勇士強行從地圖上刪掉的土地，都會消失蹤影或被當成不存在，但是，它們其實隱匿在精靈仙境裡。所以到此刻，我們寫下這則故事時，精靈仙境已經極為廣闊，包括各種各樣的地形和景觀）。這裡，老實說，真的有龍。還有長翅膀的獅身鷹首獸、飛龍、半鷹半馬獸、蛇妖和九頭蛇。當然也有各種比較普通的動物，像是任性冷漠的貓、高貴膽小的狗、狼與狐狸、老鷹和熊等等。

在濃密深遠得像森林般的樹林中有棟小房子，以茅草和塗上灰泥的木牆搭建，有種厄運當頭的氣氛。屋外有個鳥籠，籠裡有隻小黃鳥停在棲枝上。小黃鳥不唱歌，只是哀傷沉默地棲著。牠羽毛蓬亂，色澤也很暗淡。小屋有一扇門，門上陳舊的白漆已經剝落。

小屋內部沒有隔間，總共只有一房。燻肉和香腸從屋椽上垂掛下來，外加一副乾癟皺縮的鱷魚標本。靠牆的火爐裡燃燒著冒煙的泥炭，煙霧從高高在上的煙囪裡慢慢排出去。三條毛毯放在三張架高的床上：一張又大又舊，另外兩張只比裝有腳輪的矮床好一些。

屋裡有烹飪用具，另一個角落放了大大的木頭籠子，目前是空的。小屋的窗戶髒得看不到外面，所有的東西也都覆蓋著厚厚的油垢。

屋裡唯一乾淨的東西是靠在一面牆上的黑玻璃鏡，鏡子跟高大的人差不多高，和教堂的門差不多寬。

房子裡住著三個上了年紀的女人。她們輪流睡大床、做晚餐、在林中設陷阱捕捉小動物、從屋後的深井打水上來。

這三個女人很少說話。

小屋裡另外還有三個女人。她們苗條、黝黑、表情顯得很開心。她們居住的宅第比這個小茅屋大上許多倍，地板是有花紋的大理石，柱子用黑曜石做成。宅第後頭有座直達天際的庭院，夜空中高掛著星星。庭院裡有個噴泉，噴泉裡有一座表情忘我的美人魚雕像，澄淨的黑色泉水周而復始地從她大張的嘴裡湧出，流進下方的池子裡，池水微微搖動著閃爍的星光。

這三個女人和她們的宅第，都在這黑色的鏡子裡。

那三個上了年紀的女人是莉莉姆❼——魔法女王，孤獨地生活在樹林裡。

鏡子裡的三個女人也是莉莉姆，但她們是不是這三個老太婆的繼承人或影子？是不是只有林間小屋是真實的？還是這些莉莉姆是在某個地方住在黑色的宅第裡，而星空下的院子裡有美人魚形狀的噴泉？誰也說不準，只有莉莉姆能夠解釋。

這天，一個乾癟的醜老太婆帶著一隻白鼬從樹林裡回來，牠的喉嚨上有一抹紅斑。

老太婆把白鼬放在骯髒的砧板上，取來一把鋒利的刀子。她沿著白鼬的四肢和喉嚨劃開，用汙穢的手剝下整張鼬鼠皮，像幫小孩子脫睡衣似的。然後她把這光溜溜的東西扔在木頭砧板上。

「要內臟嗎？」她用顫抖的聲音問道。

三個之中最矮小、年紀最老、頭髮也最亂的老太婆坐在搖椅裡前後搖晃，說道：「就一起弄吧。」原先的那個老太婆抓起白鼬的頭，從脖子往下切開牠的腹部，內臟往外滾落到砧板上。紅色、紫色、李子色的腸子和主要器官滾在骯髒的木板上，就像溼潤的寶石。

老太婆尖聲叫道：「快來！快來！」然後用刀子輕輕把鼬鼠內臟推成一堆，又喊了一次。

坐在搖椅裡的醜老太婆站起身（鏡子裡，一個黑女人在長沙發上伸展四肢，站了起來）。另一個老太婆慌慌張張，用最快的速度從樹林裡跑回來。

「幹麼？」她說，「怎麼回事？」

（鏡子裡，第三個年輕女人也加入另外兩個的行列。她的胸部小而高聳，眼珠子漆黑。）

「妳們看。」第一個老太婆比劃著，手裡的刀子指來點去。

她們的眼睛是模糊不清的灰色，跟所有上年紀的人一樣，三人細瞇著眼，看木板上的內臟。

「至少，」其中一人開了口，「差不多是時候了。」另一個說道。

「那麼，我們之中，誰要去找？」第三個問道。

三個女人閉上眼睛，三隻年邁的手猛地戳進木板上的鼬鼠內臟裡。

一隻手張開了。「我拿到腎臟。」

第三隻手張開了。這是最老的莉莉姆的手。「我拿到牠的心臟。」她得意洋洋地說。

「我拿到牠的肝臟。」

「妳要怎麼旅行？」

「用我們的舊馬車，用我在十字路口找的東西來拉。」

「妳會需要好些青春歲月。」

最老的那個點了點頭。

最年輕的，就是從外頭跑回來的那個，費力而遲緩地走到一個隨時可能塌陷的高大五斗櫃前，彎下身子，從最底層的抽屜拿出一個生鏽的鐵盒，再拿給她的姊姊。鐵盒上捆著三條年代久遠的細繩，每一條上面都有不同的繩結。她們各自解開自己細繩上的繩結後，把盒子拿過來的那個女人便打開盒蓋。

盒子底部有某種閃爍著金黃光芒的東西。

「沒剩多少了。」最年輕的莉莉姆嘆道。當她們居住的樹林還淹沒在海平面下時，她就已經很老了。

「那麼，我們找到一個新的，不是件好事嗎？」最老的莉莉姆刻薄地說，一面把爪子般的手插進盒子裡。某種金黃色的東西試圖避開她的手，但她把那不停扭動且閃著光芒的東西一把抓住，張開嘴，啪一聲扔進嘴裡。

---

❼希伯來神話中，上帝創造給亞當的第一個女人是莉莉絲（Lilith），但她與亞當起了爭執，憤而離開。天使在紅海邊找到她時，她已經與惡魔生下了許多小惡魔，都稱為莉莉姆（Lilim）。因為莉莉絲不肯回來，上帝才抽取亞當的肋骨創造了夏娃。

（鏡子裡，三個女人往外凝視。）

所有東西的中心都發出一陣瑟瑟戰慄。

（現在，兩個女人從黑色的鏡子朝外凝望。）

小屋裡，兩個老太婆凝視一個高䠷美麗、有著黑髮和黑眼珠、雙脣鮮紅欲滴的女人，臉上的表情混合著羨慕和希望。

「老天，」她說，「這地方真是髒死了。」她大步向床走去。床邊有個很大的木頭五斗櫃，上頭蓋著褪色的織錦。她扯掉那條織錦，打開櫃子，在裡頭翻找。

「有啦。」她拿起一件深紅色連身長裙說道。她把衣服扔到床上，忙著脫下她還是老女人時穿在身上的破舊衣物。

她的兩個妹妹渴望地凝視她的裸體。

「等我帶著她的心臟回來，就會有很多很多青春歲月夠我們用了。」她說著，一面嫌惡地審視妹妹多毛的下頦和凹陷的眼睛。她悄悄把深紅色手鐲套到手腕上。手鐲的造型是一隻咬住自己尾巴的小蛇。

「一顆星星。」她的一個妹妹說道。

「一顆星星。」另一個妹妹重複道。

「一點兒也沒錯。」魔法女王說道，一面把一個銀環套到頭上。「兩百年來頭一顆。而且我會把它帶回來。」她用深紅色的舌頭舔了一下猩紅的嘴脣。

「一顆墜落的流星。」她說。

池邊的沼澤地很陰暗，夜空中閃爍的星星不可勝數。

螢火蟲在榆樹、蕨類植物、榛樹叢的枝葉間閃閃發光，忽明忽滅地閃爍，就像奇怪而遙遠的城市之光。一隻水獺撲通跳進流向池塘的小河裡。一家子白鼬搖搖晃晃，迂迴地繞路走到水邊喝水。一隻田鼠找到掉落的榛果，開始用尖銳而不斷增長的前齒嚼咬榛果堅硬的外殼。不是因為牠肚子餓，而是因為牠是被施了魔法的王子，除非吃到智慧堅果，否則無法恢復本來的面貌。但牠因躁進而粗心大意，當那陰影遮蔽了月光，提醒牠巨大的灰色貓頭鷹突然來襲，已經來不及了。貓頭鷹用尖銳的爪子抓住田鼠，再次飛入夜空。

田鼠扔下榛果，榛果掉進小河，隨波流去，被一隻鮭魚吞下了。貓頭鷹狼吞虎嚥，兩三口就把田鼠吞進肚子，只剩一條尾巴垂盪在嘴邊，像一小段鞋帶。某種動物抽著鼻子發出豬般的呼嚕聲，從灌木叢間擠過去，原來是獾——這隻貓頭鷹想著（她自己也受了詛咒，只有吃掉吃了智慧堅果的老鼠，才能恢復原形），也有可能是小熊。

樹葉簌簌抖落，水潺潺而流，沼澤地被天上一道越來越亮的純白光芒照得一片光明。貓頭鷹在池塘裡看見那道光的倒影，是個散發純淨光輝的耀眼物體，倒影明亮得讓她不得不振翅飛到森林的另一邊。野生動物驚恐不安地戒備著。

一開始，空中的這道光跟月亮差不多大，接著它越來越大、奇大無比，整片小樹叢都震動起來。所有生物都屏息以待，螢火蟲盡力發出生命中最亮的光，每一隻都深信這個最終是愛，但沒什麼用處……

接著……

一聲爆裂，尖銳得像砲聲，照亮沼澤地的光消失了。

或者說幾乎消失。在榛樹灌木叢的中央，一縷朦朧的光線有節奏地律動著，彷彿微小的星團發出微弱的光芒。

一個高亢清澈的女性嗓音說道：「喔。」接著很快又小聲地說：「該死。」然後又說了一次：

「喔。」

接著她便什麼也不說了，沼澤地一片安靜。

4

「我能藉著燭光到那裡嗎？」

隨著崔斯坦一步步跨出，十月離他越來越遠；他覺得自己彷彿走進了夏天。有條小徑橫越樹叢，一側是成排灌木栽成的樹籬；他沿著這條小徑走。高掛在他頭頂的星星閃爍發光，仲秋的滿月閃耀金黃，恰似玉米熟透的色澤。月光下，他可以看見樹籬裡的野薔薇。

他開始想睡了。他一度掙扎著保持清醒，接著他脫掉外套、放下包包（這是個大皮袋，二十年之內，大家都會知道那叫做格萊斯頓手提袋❽），頭枕在袋子上，外套蓋在身上。

他目不轉睛瞪著天上的星星；在他眼中，那些星星彷彿舞者，莊嚴又優雅，表演著近乎無窮無盡的複雜舞蹈。他想像自己看得見星星的臉龐：它們臉色白皙，掛著溫柔微笑，彷彿已經在天空中花了那麼長的時間，看盡下方你爭我奪、歡樂又痛苦的人們；每當又有一個小小的人類自認為是世界的中心（就像我們每個人一樣），便忍不住覺得好笑。

於是，崔斯坦進入了夢鄉。他走進臥室（同時也是石牆鎮小學的教室），雀麗太太輕敲黑板要求他們全部保持安靜。崔斯坦低頭看自己的寫字石板，想知道在上什麼課，但他看不懂自己寫在石板上的東西。接著，雀麗太太（她實在太像崔斯坦的母親，崔斯坦突然驚覺自己竟從來不曾領悟她們根本就是同一個人）叫崔斯坦將所有英格蘭國王與女王的生卒年代告訴全班。

「抱歉，」一個毛茸茸的小聲音在他耳邊響起，「不過能不能麻煩你夢得安靜一點？你的夢流到我的夢裡來了。如果說有哪件事我從來沒做過，那就是背誦生卒年代了。征服者威廉，一〇六六年，我就知道這些，我還寧可用那交換一隻會跳舞的老鼠呢。」

「嗯？」崔斯坦說。

「小聲一點，」這個聲音說，「如果你不介意的話。」

「對不起。」崔斯坦說，接下來的夢境只有一片黑暗。

★

「早餐，」他耳邊有個聲音說道，「奶油煎的蘑枯，還有野生大蒜。」

崔斯坦睜開眼睛，陽光穿過野薔薇樹籬照射下來，草地斑駁著金色與綠色。有個東西聞起來恍若天堂。

他身邊放著一個錫製容器。

「粗陋的飲食，」這個聲音說，「就是指鄉村飲食。完全不像上流社會習慣的東西，但我這類的人會珍惜一朵好蘑枯。」

崔斯坦眨眨眼，往錫碗裡撈，用大拇指和食指夾出一朵大蘑菇來。蘑菇很燙。他小心咬了一口，感覺嘴裡溢滿汁液。他從來沒吃過這麼好吃的東西，於是，他咀嚼吞下蘑菇後，便如實說了。

「你真好心。」這個坐在小火堆另一邊的小身影說道。火堆發出輕微的爆裂聲，煙霧在早晨的空氣裡升騰。「你真好心，我很確定。但是你知道，我也知道，這只是炒過的野蘑枯，完全不是什麼好東西。」

「還有嗎？」崔斯坦問，這才意識到自己有多餓——有時一點點食物就會讓你有這種感覺。

「哎呀，你這什麼態度。」小身影說。他戴了軟趴趴的大帽子，穿著鬆垮垮的大外套。「他說『還有嗎？』好像這是水煮鵪鶉蛋、煙燻瞪羚或松露，而不只是蘑枯。蘑枯吃起來有點像某種死了一個禮拜的東西，連貓都不想碰。態度啊。」

❽ 由十九世紀法國的 carpet bag 發展而來。通常有隔層將袋內分為大小相同的兩部分，後多為律師所使用，是公事包雛型。

「要是不太麻煩，我真的，確確實實地想要再來一朵蘑菇。」崔斯坦說。

這個矮小的男人（如果他是人的話。崔斯坦覺得他不太像人類）悲傷地嘆了口氣，伸進火上熱騰騰的鍋裡，用刀子啪地將兩朵大蘑菇扔進崔斯坦的錫碗。

崔斯坦吹了吹蘑菇，用手指拿起來全吃掉了。

「看看你。」這個矮小多毛的人說，聲音混合了驕傲和憂鬱，「一副很喜歡吃那些蘑枯的樣子。好像在你嘴裡的不是鋸屑、苦艾、芸香之類的。」

崔斯坦舔著手指，向恩人保證這是他有幸吃過最好的蘑菇。

「你現在是這麼說，」東道主憂鬱地說，「但你再過一小時就不會這樣講了。就像賣魚婦不會接受她兒子對美人魚的看法，別人鐵定會跟你意見不合。從加拉蒙到暴風堡都可能聽說這件事。這種措辭讓我的耳朵都發青了，真的。」矮小多毛的人深深嘆道。「說到胃口，」他說，「我要去那邊那棵樹後頭照料一下自己的腸胃了。你能不能幫我一個小忙，替我看著放在那邊的行李？我會很感激的。」

「當然可以。」崔斯坦禮貌說道。

矮小多毛的男人消失在一棵橡樹後面。崔斯坦聽見他咕噥了幾句，然後這新朋友又再度出現，說道：「哪，我在帕夫拉戈尼亞❾認識一個人，他每天早上起床都生吞一條活蛇。他以前常說，有件事他很確定，那就是再也不會有比吃蛇更糟的事發生在他身上。當然，在他被吊死之前被迫吃了一整碗毛茸茸的蜈蚣。所以也許他說的話有些根據吧。」

崔斯坦告退起身，到橡樹的另一邊小便。旁邊是一小堆糞便，可以確定不是人類的產物，看起來比較像鹿的屎粒，或是兔子大便。

「我的名字是崔斯坦．宋恩。」崔斯坦回來後說道。和他共用早餐的夥伴正在收拾早餐的工具：火堆、鍋子，全部的東西一一消失在他的行李中。

他摘下帽子，壓在胸口，抬頭看著崔斯坦。「願魔法保護你。」他說。他輕拍行李袋的側邊，上頭寫著：受魔法保護、著迷、著魔、亂七八糟。「我過去挺亂七八糟的，」他告訴崔斯坦，「不過你知道這些都是怎麼回事。」

於是他沿著小徑往前走，崔斯坦走在他身後。「嘿！我說！」崔斯坦叫道，「可以請你慢一點嗎？」儘管背著極大的行李袋（崔斯坦想到《天路歷程》❿中基督徒的重擔，每個星期一早上雀麗太太都會念這本書給大家聽。她告訴大家，雖然這本書是個壞傢伙寫的，卻是一本好書），這個矮小的男人……他的名字是「願魔法保護你」嗎？）離開的速度就跟松鼠爬樹一樣快。

這小傢伙急忙走回來。「有什麼不對勁嗎？」他問。

「我跟不上你，」崔斯坦誠實地說，「你走得實在太快了。」

矮小多毛的男人慢下腳步。「請原諒我。」他說。崔斯坦跌跌撞撞跟在他身後。「我太常自己一個人，習慣有自己的步調。」

他們肩並肩，走在穿透新綠的金綠色陽光下。崔斯坦注意到那光線的特質只屬於春天，不禁好奇他們是不是把夏天跟十月一樣遠遠拋在身後。崔斯坦不時察覺樹上或樹叢中閃過一抹色彩，矮小多毛的男人就會說些像是「魚狗。以前都叫海爾辛先生。漂亮的鳥兒」或「紫蜂鳥。飲用花的瓊漿玉蜜。盤旋的鳥兒」或「紅額金翅雀。牠們會自己保持距離，但是你最好別仔細觀察牠們，也別找麻煩，因為那群討厭鬼身上一堆麻煩」之類的話。

他們坐在小溪旁吃午餐。崔斯坦拿出母親給的農家麵包、成熟的紅蘋果和又硬又酸又脆的圓乳

---

❾ 古代國名，位於今日的土耳其境內。

❿《天路歷程》（The Pilgrim's Progress），作者為約翰・班揚（John Bunyan）。

酪。儘管矮小的男人懷疑地看著這些食物，他仍然狼吞虎嚥，把手指上的乳酪和麵包屑舔乾淨，津津有味地大聲嚼蘋果。吃完後他從溪裡汲了一壺水，煮開了準備泡茶。

「你要告訴我你是幹麼的嗎？」他們坐在地上喝茶，矮小多毛的男人問。

崔斯坦想了一會兒才說：「我是從石牆鎮來的，那裡住著一位年輕小姐，名叫維多利亞・佛瑞斯特，沒有一個女人比得上她。我把我的心給了她，單單只給了她。她的面容……」

「該有的都有嗎？」小傢伙問，「眼睛？鼻子？牙齒？都跟普通人一樣？」

「當然啦。」

「既然如此，你可以跳過這點。」矮小多毛的男人說，「我們就當作都說過了。所以，這個年輕小姐叫你去做什麼該死的白痴蠢事？」

崔斯坦放下自己的木頭茶杯，氣得站了起來。

「怎樣？」崔斯坦以自認為高傲輕蔑的語氣問道，「是什麼讓你以為我的戀人會派我做愚蠢的差事？」

矮小男人用黑玉珠子般的眼睛目不轉睛地仰視他。「因為那是唯一的原因。只有這才會讓你這樣的小夥子，笨到穿越精靈仙境邊界。只有吟遊詩人、戀人和瘋子才會從你們的土地來到這裡。你看起來不怎麼像吟遊詩人，而且你——小夥子，原諒我這麼說，但這是實話。你就像乳酪屑一樣普通。所以如果你問我，那就是愛情了。」

「那是因為，」崔斯坦透露，「每個戀人的心都是瘋子，腦則是吟遊詩人。」

「真的嗎？」矮小的男人說著，語帶懷疑。「我從來沒注意到。所以是有個年輕小姐，她打發你來這裡尋寶嗎？以前很流行這一套。你會看到很多年輕樵夫到處亂逛，尋找可憐的龍或食人魔花了好幾個世紀積聚的黃金寶庫。」

「沒有。不是什麼尋寶，而是我對剛剛提到的這位小姐許下的承諾。我——我們那時在聊天，我正在向她許諾一些事情，然後我們看到一顆流星，我答應要帶回去給她。它掉在——」他大致朝著日出方向的一座山揮揮手臂：「那裡。」

矮小多毛的男人抓了抓下巴——或是長得跟馬或狗一樣的口鼻。那很有可能就是他的口鼻沒錯。

「你知道我會做什麼嗎？」

「不知道。」崔斯坦說，胸中升起一線希望，「你會做什麼？」

矮小的男人抹抹鼻子。「我會叫她把臉塞進豬圈裡，然後出去找另一個不會跟你要整個世界、就會親你的人。保證你找得到。你朝你家鄉往回扔半塊磚頭，不可能打不到人。」

「那裡沒有別的女孩了。」崔斯坦自信滿滿地說。

矮小的男人哼了一聲。他們打包好，一起上路。

「你是說真的嗎？」矮小的男人說，「關於流星的事？」

「是呀。」崔斯坦說。

「嗯，如果我是你，我就絕口不提。」矮小的男人說，「某些人對這種消息有病態的興趣。最好保持沉默，但是絕不要說謊。」

「那我該說什麼？」

「噢？」他說，「比方說，如果有人問你從哪裡來的，你可以說『從後面來的』；如果他們問你要到哪裡去，你就說『到前面去』。」

「我懂了。」崔斯坦說。

他們走的小徑越來越模糊難辨。一道寒風吹亂了崔斯坦的頭髮，他打了個冷顫。小徑把他們帶進一片纖弱蒼白的灰色樺樹林。

「你覺得會很遠嗎？」崔斯坦問，「到星星那裡？」

「到巴比倫有多少里？」矮小的男人明知故問，「我上次經過，這裡還沒有這棵樹。」他補充道。

「到巴比倫有多少里？」他們穿越灰色樹林，崔斯坦喃喃複述。

「三個二十里再加十。
我能藉著燭光到那裡嗎？
能，而且去了又回來。
能，如果你的腳步輕盈靈敏，
你就能藉著燭光到那裡。」

「就是這個。」矮小多毛的男人說道，他的頭從一邊轉到另一邊，好像搜尋著什麼，似乎很入神，或者有點緊張。

「這只不過是童謠。」崔斯坦說。

「只不過是童謠？老天爺！在石牆的另一邊，有些人可是會為了那小小的咒語做七年苦工哪。話說回來，在你的家鄉，你們什麼也沒多想，就在小寶寶身邊嘟噥著『搖啊搖，小寶貝』或『擦擦磨一磨』之類的咒語？你會冷嗎，小夥子？」

「會，現在你一提，我就有點冷了。」

「你看看周圍。你看得到小徑嗎？」

崔斯坦瞇起眼睛。灰樹林吸掉了光線、色彩、距離。他本來以為他們順著小徑走，但現在他試圖注意看小徑，小徑卻像幻影一樣微微閃著光、消失不見。他用那棵樹，還有那棵樹和那塊岩石標示出小徑的位置……但根本沒有小徑，只有陰鬱、微暮和灰白的樹木。「現在我們身陷重圍了。」多毛的男人小聲說。

「我們該不該跑？」崔斯坦摘下絲質禮帽，拿到面前。矮小的男人搖了搖頭。「沒什麼用，」他說，「我們已經走進陷阱裡了，就算跑也還是在陷阱裡。」

他走到最近的一棵樹旁，那是高大、灰白，類似白樺的樹幹。他用力一踢。一些枯葉落了下來，隨著乾枯的沙沙聲響，某個白色的東西從樹枝上滾落地面。

矮小的男人打了個寒顫。「我可以防禦，」他告訴崔斯坦，「不過比起防禦，我們最好能夠離開這裡。依那東西看來，我們是插翅也難飛了。」他用爪子似的腳輕碰殘骸。「而且你們這些人永遠學不會打地洞——也不是說那對我們有什麼用處！」

「也許我們可以把自己武裝起來。」崔斯坦說。

「武裝自己？」

「趁他們來之前。」

「趁他們來之前？你在說什麼——他們就在這裡，你這大豬頭。就是這些樹。我們在焦枯樹林裡。」

「焦枯樹林？」

「都是我的錯——我應該更注意我們的方向。現在你永遠拿不到你的星星，我也永遠拿不到我的貨了。以後要是有哪個可憐的乞丐迷失在這片樹林裡，就會發現我們的骸骨，被啃得跟小豎笛一樣乾淨。事情就是這樣。」

崔斯坦瞪著矮小男人瞧。儘管他沒看到任何東西移動，但樹似乎在陰暗處聚集得更密了。他懷疑矮小男人究竟是愚蠢或是想像力作祟。

有東西刺到他的左手。他用力一拍，以為會看到小蟲，低頭一看卻是一片褪色的黃葉。黃葉窸窸窣窣掉到地上。他的手背上噴出一道又溼又紅的血。樹林低語著他們的事。

「我們能採取什麼行動嗎？」崔斯坦問道。

「我什麼也想不出來。要是我們知道真正的小徑在哪就好了。即使是焦枯樹林也沒辦法消除真正的小徑。只能從我們眼前藏起來，引誘我們偏離。」矮小男人聳了聳肩，又嘆了口氣。

崔斯坦舉起手揉著前額，說道：「那個，我真的知道小徑在哪裡，」他指了個方向，「就沿著那邊過去。」

矮小男人黑玉珠子般的眼睛閃閃發光。「你確定嗎？」

「確定，先生。穿過那片矮樹林，再向右往上走一點。小徑就在那裡。」

「你怎麼知道？」男人問。

「我就是知道。」崔斯坦答道。

「好。來吧！」於是矮小男人拿起自己重重的行李跑了起來，放慢速度讓崔斯坦跟上。崔斯坦的皮袋子擺動著猛撞到腿，他心臟怦怦跳，跑得氣喘吁吁。

「錯了！不是那邊。到左邊來！」崔斯坦高聲叫道。樹枝和棘刺撕裂扯破他的衣服。他們繼續默默奔跑。

樹木似乎自行排列成一道牆。樹葉像陣雨般落在他們周圍，狠狠螫刺崔斯坦的皮膚，把他的衣服切割、撕裂開來。他費勁爬上小丘，用空出的手猛打葉子，用行李袋重擊細枝和較大的樹枝。

寂靜被某個哀嚎聲打破。是那個矮小多毛的男人。他動也不動地站著，頭猛往後仰，開始對天空哀嚎。

「快點，我們快到了。」崔斯坦說著，伸出自己的大手，握緊矮小多毛男人空著的那隻手，把他往前拉。

接著他們便站在真正的小徑上：一道帶狀的綠草皮，從灰色樹林裡穿出來。「我們在這裡安全嗎？」崔斯坦氣喘吁吁地問，一面擔心地四下張望。

「我們安全了，只要我們留在小徑上。」矮小多毛的男人說，然後放下沉重的行李，坐在小徑的草皮上，瞪著周圍的樹木。

儘管沒有風吹過，但灰白的樹木窣窣抖動，在崔斯坦看來，這些樹似乎是氣得發抖。

他的夥伴開始瑟瑟發抖，毛茸茸的手指抓著綠草皮，然後仰起頭注視崔斯坦。「我想你身上該不會帶著這種東西吧——像是提振精神的飲料？還是一壺甜甜的熱茶？」

「沒有，」崔斯坦說，「恐怕都沒有。」

矮小男人吸著鼻子，笨手笨腳地摸索龐大行李上的鎖。「轉過去，」他對崔斯坦說，「不要偷看。」

崔斯坦轉過臉去。

響起一陣翻找和吸鼻子的聲音、上鎖的喀啦聲，接著是「你願意的話，可以轉過來了」。矮小男人捧著一個琺瑯瓶子。他吃力地拔瓶塞，瓶塞卻動也不動。

「嗯。你要我幫你弄那個嗎？」崔斯坦希望自己的請求不會冒犯這矮小多毛的男人。但他多慮了。他的同伴把那瓶子用力塞到他手上。

「哪，拿去，」他說，「你的手才有辦法。」

崔斯坦用力一扯，把瓶塞從瓶子裡拔了出來。他聞到某種醉人的氣味，像是蜂蜜混合丁香和木柴煙。他把瓶子還給矮小男人。

「這個瓶子裡倒出來的這種稀罕又好喝的東西，喝起來可真是罪過。」矮小多毛的男人說道。他從腰帶上解下小木杯，顫抖著倒了一點點琥珀色液體進去。他聞了聞，抿了一小口，然後微微一笑，露出小而尖銳的牙齒。

「啊啊啊。好多了。」

他把杯子遞給崔斯坦。

「慢慢啜飲，」他說，「這瓶東西可價值一個國王的贖金呢。它花了我兩顆藍白色的大鑽石、一隻會唱歌的機械青鳥和一片龍鱗。」

崔斯坦抿了一口。飲料讓他連腳趾都暖和起來，還讓他覺得自己的腦袋好像裝滿了小泡泡。

「很好吧？」

崔斯坦點點頭。

「恐怕對你和我這種人來說是太好了。話是這麼說。遇到麻煩的時候，它實在是消滅不愉快的好東西。我們走出樹林吧，」矮小多毛的男人說。「嗯，走哪一邊啊？」

「那邊。」崔斯坦說，往左邊一指。

矮小男人蓋好瓶子，放進衣袋，用肩膀扛起行李，兩人一起沿著綠色小徑，穿越灰色樹林。幾個小時後，白色的樹木開始變細，接著他們通過了焦枯樹林，沿著高高的堤岸，走在兩道圓石砌成的矮牆之間。崔斯坦回頭看著來時路，卻不見樹木的蹤影。他們身後是一座座開滿紫色石南花的小山丘。

「我們可以停在這裡。」崔斯坦的同伴說道，「有些事情我們得談一談。坐下。」

他放下碩大無比的行李袋，爬到上面去，以便俯視坐在路邊石塊上的崔斯坦。「有些事情我不太明白。現在，告訴我。你從哪兒來的？」

「石牆鎮，」崔斯坦說，「我告訴過你了。」

「你的父親和母親是誰？」

「我父親的名字是登斯坦．宋恩。我母親是黛西．宋恩。」

「嗯嗯。登斯坦．宋恩？我見過你父親一次，他收留我過夜。這傢伙不錯，儘管當時他很想睡，也沒怎麼抱怨。」他抓了抓自己的口鼻。「但還是沒有解釋清楚。你家裡沒有什麼不尋常的事情吧？」

「我妹妹，路薏莎，她的耳朵會動。」

矮小多毛的男人傲慢地擺動自己毛茸茸的大耳朵。「不是，不是這個。」他說。「我在想，應該比較像是這樣：譬如你有個祖母以前是著名的魔女，或是有個叔叔是傑出的魔術師，或者在族譜的某處與精靈牽扯上一點關係之類的。」

「那我就不知道了。」崔斯坦承認道。

矮小男人改變提問的方向。「石牆鎮在哪裡？」他問道。崔斯坦伸手一指。「爭執之丘在哪裡？」

崔斯坦毫不猶豫，又指了一次。「卡達菲瑞安群島在哪裡？」崔斯坦指著西南方。在矮小男人提到爭執之丘或卡達菲瑞安群島之前，他根本不知道這些地方，但他很確定它們的位置，就像他知道自己的左腳在哪裡、鼻子在臉上的位置一樣。

「嗯。聽著。你知道偉大的雄化母牛沐斯克西在哪裡嗎？」

崔斯坦搖搖頭。

「那你知道偉大的雄化母牛沐斯克西的透明發光城堡在哪裡嗎？」

崔斯坦很肯定地伸手一指。

「那巴黎呢？在法國的那個？」

崔斯坦想了一會兒。「噢，如果石牆鎮在那邊，我想巴黎應該差不多是在同一個方向，不會錯吧？」

「讓我想想。」矮小多毛的男人半是自語，半對崔斯坦說道，「你找得到精靈仙境裡的地點，卻找不到你們世界裡的其他地方，只知道石牆鎮，那就是分界線。你找不到人，但是小夥子，告訴我，你知道你想找的那顆星星在哪嗎？」

崔斯坦立刻指了出來。「就在那邊。」他說。

「嗯嗯。很好。但這還是什麼也不能解釋。你餓了嗎？」

「有一點。而且我的衣服破破爛爛，皮膚也劃破了。」崔斯坦說著，摸到褲子和外套上的大破洞。他奔跑時被樹枝和棘刺纏住，還給葉子劃傷了。「還有，你看我的靴子。」

「你袋子裡有什麼？」

崔斯坦打開他的格萊斯頓手提袋。「蘋果。乳酪。半條農家麵包。一罐魚醬。我的削筆刀。我有一套換洗內衣和兩雙羊毛短襪。我猜我應該多帶些衣服？」

「把魚醬留著。」他的旅伴說道，然後迅速把剩下的食物分成均等的兩堆。

「你做了件好事，」他邊說邊嚼著香脆的蘋果，「這我可不會忘記。首先我們要好好設法處理你的衣服，然後帶你去追星星。對吧？」

「你真的非常仁慈。」崔斯坦緊張地說，削下一片乳酪放到麵包皮上。

「好啦，」矮小多毛的男人說，「我們來幫你找條毛毯吧。」

黎明時分，三位暴風堡勳爵坐在一輛大馬車裡，由六匹黑馬拉著，奔下崎嶇的山路。馬兒身上裝飾著黑色羽毛，整輛大馬車塗著嶄新的黑漆，每一個暴風堡勳爵都穿著喪服。

就伯穆斯來說，他的喪服式樣是僧侶般的黑色長袍；叔提斯穿著商人服喪時的樸素服飾，幼穆斯則穿著黑色馬甲和齊膝緊身褲，黑色帽子上插了根黑羽毛，跟二三流的伊麗莎白歷史劇裡的愚蠢刺客一模一樣。

三位暴風堡勳爵看著彼此，一個謹慎，一個防備，一個漠然。他們沒有說話；叔提斯和伯穆斯有可能結成同盟，一同對抗幼穆斯——但他們根本無法結成什麼同盟。

馬車喀喀作響，搖搖晃晃。

馬車停過一次，好讓三位勳爵小解，然後又喀啦啦駛下起伏的山路。三位暴風堡勳爵一起把父親的遺體放進宗廟。他們死去的兄弟從宗廟的各個門口看著他們，但什麼也沒說。

向晚時分，馬車夫大喊：「諾他威！」然後把馬車停到一間破敗不堪的旅館外面，旅館緊鄰著一座恰似巨人農舍的廢墟。

三位暴風堡勳爵下了馬車，舒展痙攣的雙腿。有幾張臉透過旅館的深綠色玻璃窗盯著他們看。

旅館主人是個脾氣壞又暴躁的乾癟老頭。他朝門外看了看。「我們需要乾爽的床鋪，還要在火爐上放一鍋燉羊肉。」他叫道。

「要烘熱幾張床？」清潔婦蕾緹蒂亞在樓梯間問道。

「三張，」這乾瘦的老頭說道，「我敢打賭，他們會叫車夫跟馬睡在一起。」

「真的是三張嗎？」廚娘緹莉輕聲對旅館馬夫雷西說道，「任誰都看得見總共有七位高雅的紳士站在路中央。」

不過，當人走進來時，只有三位暴風堡勳爵。他們接著表示車夫要睡在馬廄裡。

晚餐是燉羊肉和又熱又新鮮的麵包，掰開時冒出一股蒸氣。每一位勳爵都各自喝一瓶沒開過的上等巴拉岡紅酒（因為每人都不肯跟兄弟共飲一瓶酒，甚至還不許酒倒進酒杯裡）。這使得瘦老頭相當憤慨，他的意見是（不過這沒有讓他的客人聽見）應該要讓紅酒醒一下。

車夫吃了自己碗裡的燉肉，喝了兩壺麥酒，就去馬廄裡睡了。三兄弟各自進房，插上門閂。

清潔婦蕾緹蒂亞帶暖床器來給叔提斯時，叔提斯悄悄塞給她一枚銀幣。因此午夜前沒多久，門上傳來輕輕的敲門聲時，他一點也不驚訝。

酒。

蕾緹蒂亞穿著連身白色寬袍，在他開門時向他屈膝行禮，還帶著害羞的微笑。她手裡抱著一瓶酒。

叔提斯鎖上身後的門，把她領到床上。首先令她脫去寬袍，在燭光下檢視她的臉龐和身體，然後親吻她的額頭、嘴唇、乳頭、肚臍、腳趾。接著熄滅蠟燭，在蒼白的月光裡跟她做愛，一句話也沒說。過了一段時間，他發出哼響，然後靜止不動。

「哪，親愛的，剛剛很不錯吧？」蕾緹蒂亞問道。

「不錯。」叔提斯小心翼翼地說，彷彿她說的話裡有什麼陷阱一樣。「是不錯。」

「在我離開之前，你還想再來一回嗎？」

叔提斯指了指兩腿間，當作回答。蕾緹蒂亞咯咯笑了。「我們一眨眼就可以讓它恢復挺拔。」她拔掉酒瓶上的軟木塞，放到床邊，把酒遞給叔提斯。

叔提斯朝她露齒一笑，咕嘟咕嘟灌下一些酒，把她拉向自己。

「我打賭那感覺不錯。」她對叔提斯說道。「好，親愛的，這次讓我給你看看我喜歡的方式……怎麼了？怎麼回事？」暴風堡勳爵叔提斯痛苦地在床上前後翻滾，他的眼睛睜得很大，呼吸非常吃力。

「那瓶酒——」他氣喘吁吁地說，「妳從哪兒弄來的？」

「你弟弟，」蕾緹蒂亞說，「我在樓梯上遇到他。他告訴我這是很好的興奮劑和滋補藥，會帶給我們一個永難忘懷的夜晚。」

「果然沒錯。」叔提斯喘息著，抽搐了一下、兩下、三下，然後就僵硬了。而且非常安靜。

叔提斯聽見蕾緹蒂亞開始尖叫，彷彿隔了很遠很遠的距離。他注意到四個熟悉的幽靈跟他一起站在牆邊的陰影裡。

「她非常美麗。」仲敦斯低聲說，蕾緹蒂亞以為自己聽見窗簾的窸窣聲。

「幼穆斯最狡猾了。」伍特斯說，「他那手法，跟在我那盤鰻魚裡偷放毒漿果是如出一轍。」而蕾緹蒂亞以為是風從山上的巉崖間呼呼吹下。她打開門，整間旅館的人們被她的尖叫吵醒，隨之而來的是一場搜索。可是幼穆斯勳爵已不知去向，馬廄裡（車夫打鼾熟睡，怎麼也叫不醒）也少了一匹黑色公馬。

伯穆斯勳爵隔天早上醒來時，心情真是糟透了。

他宣稱蕾緹蒂亞跟叔提斯一樣，是幼穆斯奸計的受害者；他不打算處死蕾緹蒂亞，但命令她伴隨叔提斯的屍體回到暴風堡。

勳爵留下一匹黑馬給她載送屍體，還有一小袋銀幣，數目足夠請一個諾他威村民跟她一起旅行（確保不會有野狼把馬或弟弟的遺體偷走）並在車夫終於醒來後，付清工資把他打發掉。

於是，伯穆斯勳爵獨自坐在大馬車裡，由四匹炭黑色公馬拉著，他帶著比抵達時更惡劣的脾氣，離開了諾他威村。

柏密斯使勁拉著繩子到了十字路口。繩子上綁縛著一隻有鬚、有角、眼神邪惡的公山羊，柏密斯打算把牠帶到市場上去賣。

那天清早的餐桌上，柏密斯的母親在他面前放了一個小蘿蔔，對他說道：「柏密斯，兒子呀。這小蘿蔔是我今天唯一能從地裡挖出來的東西。我們所有的農作都沒種成，食物也都吃完了。除了這頭公山羊，什麼都沒得賣。所以我要你把這頭山羊抓起來，帶到市場賣給農夫。你拿賣山羊得到的錢——你聽著，羊的價格不可以少於一個弗羅林⓫——去買一隻母雞，還要買玉米和蕪菁；也許我們

⓫ 弗羅林（Florin）為英國舊幣值，值兩先令。

就不會餓死了。」

於是柏密斯細嚼小蘿蔔，蘿蔔柴得像木頭似的，又辛辣地刺激著舌頭。之後他整個早上都在羊圈裡追逐山羊，忍受肋骨上的瘀青和大腿上的咬痕，總算在一個路過的補鍋匠幫助下，把山羊制伏，能夠戴上籠頭。他留下母親幫補鍋匠包紮被山羊攻擊的傷處，硬拉著公山羊往市場走去。

有時山羊會突然想要主導前進的方向，柏密斯就從後面拖著，靴子的鞋跟在道路上的乾泥地裡磨得吱吱嘎嘎響，直到山羊又決定要停下來（毫無預警，柏密斯根本無從察覺）。柏密斯會從地上爬起來，回去繼續拉扯這頭畜生。

他來到樹林邊的十字路口，流著汗，又餓又青腫瘀血，拉著不肯合作的山羊。路口站著一個高個子女人，包住她深色頭髮的緋紅色帽子上有個銀製的環形飾物，她的連身裙就跟嘴脣一樣猩紅。

「你怎麼稱呼？小夥子？」她問道，聲音像是散發麝香味的棕色蜂蜜。

「大家叫我柏密斯，夫人。」柏密斯說著，注意到這女人身後有個奇怪的東西。那是一輛輕便馬車，但車槓之間沒套著家畜。他想不通車是怎麼到這裡來的。

「柏密斯，」她低沉地咕噥道，「真是個好名字。你願意把那隻山羊賣給我嗎？小柏密斯？」

柏密斯猶豫了一會兒。「我的母親叫我把這頭山羊帶到市場，」他說，「賣了去買一隻母雞、一些玉米還有蕪菁，還要把零錢帶回去給她。」

「你母親跟你說這山羊要賣多少錢？」穿著猩紅長袍的女人問道。

「不可以少於一個弗羅林。」他說。

女人微笑著舉起一隻手，有個東西閃著黃光。「那麼，我就給你這個金吉尼⓬，夠你買一整籠母雞和一百蒲式耳⓭的蕪菁。」

男孩的嘴張得大大的。

「我們成交了嗎？」

男孩點點頭，向前伸出手，手裡握著拴住公羊籠頭的繩子。「拿去。」他只能說出這兩個字，腦海裡翻滾而過的幻象是無限的財富和數不清的蕪菁。

女人接過繩子，接著用一隻手指碰碰山羊的前額，點在黃色雙眼間，然後放掉繩子。

柏密斯猜想公羊會逃進樹林，或沿著哪一條路跑掉，但牠站在原地，彷彿凍結住了。柏密斯伸出手準備收下金吉尼。

女人看著他，從他泥濘的雙腳到汗溼的短髮，從頭到腳檢視，臉上再度浮現微笑。

「你知道，」她說，「我想，擁有相配的一對比只擁有一個更令人印象深刻，你不覺得嗎？」

柏密斯不明白她在說什麼，於是張開嘴打算明說。但就在那時，女人伸出一隻長手指，碰觸他的鼻梁骨，就在他雙眼之間，他發現自己什麼話也說不出來了。

她彈了一下手指，柏密斯和公羊就套在她的輕便馬車前的槓子中間；柏密斯赫然發現自己正用四隻腳走路，似乎不比身邊的動物高多少。

魔女啪地揮鞭，她的輕便馬車便由一對相配的長角白公羊拉著，沿泥濘的道路顛簸駛去。

矮小多毛的男人留下只蓋著毛毯的崔斯坦，拿著他破破爛爛的外套、褲子和背心走進小村莊。小村莊座落於溪谷裡，在三座覆蓋著石南花的小山丘間。

崔斯坦裹著毛毯，坐在溫暖的夜裡，等待。

⓬ 吉尼（Guinea）為英國舊時的金幣，值二十一先令，最初為與非洲貿易而發行。

⓭ 蒲式耳（Bushel）為穀物、水果、液體等的英式度量單位，等於八加侖或三十六・四公升。

他身後的山楂叢裡有光線閃爍。他猜想可能是螢火蟲還是什麼螢科昆蟲，但靠近一點觀察才發覺那些是小小人，閃爍著光芒，在樹枝和樹枝之間輕快飛掠。

他禮貌地輕咳一聲，二十隻小小的眼睛朝下瞪著他。好幾個小生物消失了，其他的躲回山楂叢裡。少數膽子比較大的，振翼朝他飛了過來。

其中一個小人唱道：

漢奇潘奇
男孩裹著毛毯，他呀
出發傻獻殷勤
尋找一顆星

毫無疑問
穿越精靈仙境的旅程
掀去了毛毯，
便知道你是誰。

另一個則唱道：

崔斯坦．宋恩
崔斯坦．宋恩

不知道自己為何而生
許下愚蠢的誓證
褲子外套襯衫皆破損
於是他無依無靠坐在這
即將面對真愛的嘲弄
衛斯坦
畢斯坦
崔斯坦
宋恩

「滾開吧，你們這些蠢東西。」崔斯坦說道。他的臉發燙，手邊沒什麼可丟，就把絲質禮帽扔向他們。

因此，當矮小多毛的男人從狂歡村回來時（世上無人能解釋為什麼這樣命名，因為那其實是憂鬱陰暗的地方，被人遺忘了很長一段時間），他發現崔斯坦悶悶不樂，坐在山楂叢旁，裹在毛毯裡，為了丟掉帽子而傷心。

「他們對我的真愛說了一些殘忍的話。」崔斯坦說，「就是維多利亞．佛瑞斯特小姐。他們怎麼可以？」

「這些小人什麼都敢，」他的朋友說，「而且他們說一大堆廢話。不過，他們說的話也非常有意思。你處在險境的時候要聽從他們，你遇到危險的時候要忽視他們。」

「他們說我很快就會面對真愛的嘲弄。」

「真的嗎？他們這麼說？」矮小多毛的男人把許多不同的衣服攤在草地上。即使在月光下，崔斯坦也看得出他擺放的服飾和自己稍早脫下的衣服完全不一樣。

在石牆鎮，男人都穿棕色、灰色、黑色，就算是臉色最紅潤的農夫頸上最鮮紅的領巾，也很快會在日晒雨淋下褪色，變成比較文雅的色澤。崔斯坦看著那些深紅、鮮黃、黃褐色的布料，那些衣服比較像巡迴表演者的裝束，或是表妹瓊安家酒箱子裡的東西。他問道：「我的衣服呢？」

「現在這些就是你的衣服了。」矮小多毛的男人驕傲地說，「我拿衣服去換來的。這些東西的質地比較好——你看，不會那麼容易撕開或割裂，而且不破不爛。另一方面，你不會那麼顯眼，像外地人似的。這是這一帶的人穿的衣服，你知道吧。」

崔斯坦本打算像從學校課本裡跑出來的未開化野蠻人，裹著毛毯繼續尋找星星。但他嘆了一口氣，脫下靴子，讓毛毯滑落到草地上，矮小多毛的男人擔任他的指導員（「不對，不對，老弟，那些要穿在那外面。天啊，他們現在都怎麼教小孩的？」），很快穿好了漂亮的新衣服。

新靴子比他的舊鞋還要合腳。

這些的確是很好的新衣服。就算衣服無法像俗話說的那樣讓人變好，而漂亮的羽毛也無法讓鳥兒變漂亮⓮，他們還是可以在配方裡添加一些香料。穿著深紅和鮮黃的崔斯坦．宋恩，跟穿著大衣和禮拜日西裝的崔斯坦．宋恩完全不同。他昂首闊步，動作瀟灑，從前根本不是這樣的。他的下巴抬高而不再下垂。他還戴著絲質禮帽時眼裡也不曾閃現這樣的光芒。

吃著矮小多毛的男人從狂歡村帶回來的餐點（包括煙燻鱒魚、一碗新鮮的去殼豌豆、好幾個葡萄乾小蛋糕和一小瓶啤酒），崔斯坦已經對自己的新衣著感到相當自在了。

「喂，聽著，」矮小多毛的男人說，「老弟，還在焦枯樹林裡的時候你救了我的命。還有你父親，在你出生前他曾對我有恩，我再也不要讓人說我是不知圖報的傢伙了——」崔斯坦開始小聲嘟噥些他的朋友已經幫了他太多的話，但矮小多毛的男人故意不理他，繼續說下去。「所以我仔細考慮過了。你知道你的星星在哪裡，沒錯吧？」

崔斯坦毫不猶豫，對著黑暗的地平線一指。

「嗯，聽好，目前我們離你的星星還有多遠？你知道嗎？」

到目前為止，崔斯坦從來沒想過這件事，但他聽見自己說：「以男人步行的速度，穿越變化莫測的高山和熾熱的沙漠，中間只停下來睡覺，在他抵達那顆星墜落的地方之前，月亮會在他頭頂上變圓又變小六次。」

這完全不像他會說的話，他驚訝地眨眼。

「跟我想的一樣。」矮小多毛的男人說道，一面靠近自己的行李，彎腰伏在上面，這樣崔斯坦才看不到他怎麼開鎖。「而且看起來你不是唯一在找那顆星星的人。你記得我以前告訴你的話嗎？」

「要挖洞把我的糞便埋起來嗎？」

「不是那個。」

「還是不要說出我的真名，也不可以說出我的目的地？」

「也不是。」

「那到底是什麼？」

「到巴比倫有多少里？」男人吟誦道。

「喔，對。那個。」

「我能藉著燭光到那裡嗎？去了又回來。重點在蠟燭，知道吧。大部分的蠟燭都沒辦法。我費了

⑭ 出自喬治．華盛頓（George Washington）於一七八三年寫的文章。

很多力氣才找到這個。」他抽出一根海棠果大小的蠟燭尾交給崔斯坦。

崔斯坦看不出這蠟燭尾有什麼不凡之處。那是蠟製的燭火，不是用獸脂做的，多次使用後早就熔得差不多了。燭芯呈黑色，已經燒焦。

「我要拿它做什麼？」他問道。

「時機到了就會有用。」矮小多毛的男人說，又從行李拿出另一樣東西來。「這個也拿去。你會需要的。」

那東西在月光下閃閃發亮。崔斯坦接了過來；矮小男人的禮物似乎是一條細細的銀鎖鏈，兩邊各有一個環，摸起來冰涼又滑溜。「這是什麼？」

「很平常的東西。貓的鼻息、魚鱗，還有磨坊水池上的月光，由擅長做金屬小工藝品的侏儒熔化、鍛製再塑造成形。你會需要它幫你把星星帶回來。」

「會嗎？」

「喔，會的。」

崔斯坦讓鎖鏈落入掌心；觸感像水銀一樣。「我要收在哪兒？這些不像話的衣服一個口袋也沒有。」

「纏繞在手腕上，一直到你需要用到為止。就像那樣——對啦。是說，你的緊身短外衣裡有個口袋，在那下面，看到了嗎？」

崔斯坦找到了暗袋。暗袋上有個小小的鈕釦洞，他把玻璃雪花蓮插在裡頭，那是他離開石牆鎮的時候父親給他當作幸運符的。他想不出雪花蓮是不是真的給他帶來好運。如果是，究竟是好運還是厄運？

崔斯坦站了起來。他把皮袋子緊緊握在手裡。

「聽好，」矮小多毛的男人說，「你要做的事情是：用你的右手舉起蠟燭，我會幫你點燃。然後，走向你的星星。你要用這條鎖鏈把它帶回來這裡。燭芯剩下不多了，所以你最好打起精神，走得輕快一點。因為只是浪費一點時間都會叫你後悔。腳要輕盈靈敏，對吧？」

「我、我想是吧，對。」崔斯坦說。

他滿懷期待地站著。矮小多毛的男人把一隻手伸到蠟燭上，點燃一簇上黃下藍的火苗。一陣強風吹過，但火苗動也不動，連最輕微的一閃都沒有。

崔斯坦把蠟燭拿在手裡，開始往前走。燭光照亮了世界：每一棵樹和灌木和小草的葉片。

崔斯坦才邁出下一步，便已站在一座湖邊，燭光照亮了水面；然後他穿過群山、穿過人跡罕至的巉崖，燭光反射了大雪中那些小生物的眼睛；接著他走過雲層，儘管白雲並非全然堅固，卻仍能輕鬆地支撐他的體重；接下來，他已經身在地底，緊緊握著蠟燭，燭光從潮溼的地窟牆面反射到他臉上；現在他再次走在群山間，接著又在穿越荒野森林的小路上，瞥見兩頭山羊拉著一輛輕便馬車，由一個身穿紅長袍的女人駕駛。從他一瞥而得的印象，那女人看起來好像歷史課本裡畫的包迪西亞⑮；另一步踏出去後，他身在茂密的峽谷裡，聽得見水飛起濺入小溪時發出的嗤嗤聲。

他又踏出一步，但他還是在峽谷裡。那裡長滿高大的蕨類植物、榆樹、毛地黃，月亮高掛在天空。他舉起蠟燭尋找墜落的流星，或許是一顆石頭，或許是寶石，但他什麼也沒看到。

不過，他聽到某個聲音，被嘩啦啦的溪流聲蓋住了：鼻子吸氣的聲音，然後是一聲抽噎。是有人忍住不哭的聲音。

「哈囉？」崔斯坦說。

---

⑮包迪西亞（Boadicea）為古代塞爾特女王，曾領兵反抗羅馬人。

吸鼻子的聲音突然停了。但崔斯坦很確定自己看見榛樹下方有一道光芒，於是他朝著光走過去。

「請問？」他說，一面希望能使坐在榛樹下的那個人平靜下來，一面祈禱那不要又是個偷帽子的小人。「我在找一顆星星。」

取代回答的是一塊從樹下丟過來的溼泥土，正中崔斯坦的側臉。他感到有點刺痛，碎土塊從領子上流下，流進衣服裡。

「我不會傷害你。」他大聲說。

這次，當另一個土塊朝他猛烈飛來，他往旁邊一閃，土塊嘩的一聲打在他身後的橡樹上。他繼續向前走。

「走開。」一個彷彿剛剛才哭過的聲音生硬地壓抑著怒氣，「給我走開，讓我自己靜一靜。」

女子的手腳不雅地伸開，半躺臥在榛樹下，帶著十足敵意，蹙眉朝上盯著崔斯坦。她作勢威脅，朝崔斯坦舉起另一塊泥，但沒有丟出來。

她的雙眼又紅又腫，髮色淡得近似白色；燭光下，藍色的絲質衣裳微微發亮。她坐在那裡，身上光芒閃爍。「請不要再拿泥巴丟我了。」崔斯坦請求道，「妳看，我沒有要打擾妳的意思。只是有顆星星掉在這附近，我得在蠟燭燒完以前把它帶回去。」

「我的腿斷了。」年輕女子說道。

「當然，我很難過。」崔斯坦說。「可是，那顆星星——」

「我掉下來的時候，」她傷心地告訴崔斯坦，「把腿跌斷了。」她一面說，一面朝崔斯坦擲出那塊泥巴。她手臂一動就落下亮晶晶的粉末。

泥巴打中了崔斯坦的胸膛。

「走開。」她嗚咽著說，把臉埋在圈起來的雙臂中。「走開，讓我自己靜一靜。」

「妳就是星星。」崔斯坦說道。他開始理解了。

「那你就是豬頭。」女孩恨恨地說，「而且是笨蛋、傻瓜、蠢貨、白痴！」

「對，」崔斯坦說，「我猜我就是。」他邊說邊解下銀鎖鏈的一端，套在女孩纖細的手腕上。他感到鎖鏈上套著自己的環被扯緊。

她悲苦地朝上凝視著崔斯坦。「什麼，」她問道，語調彷彿超越了被冒犯的感覺，也超越了憎惡，「你以為你在幹麼？」

「帶妳跟我回家。」崔斯坦說，「我發了一個誓。」

剎時，殘餘的蠟燭劇烈地淌下燭淚，最後一點點燭芯漂在一池蠟裡。蠟燭的火苗閃亮地燃燒片刻，照亮了峽谷和女孩，也照亮了鎖鏈。鎖鏈堅不可破，從她的手腕連結到崔斯坦的手腕。

然後蠟燭熄滅了。

崔斯坦凝視著星星——這個女孩，然後，全力控制自己一句話也不說。

*我能藉著燭光到那裡嗎？他想道。去了又回來。*但是燭光已經熄滅，而石牆鎮離這裡要花六個月的艱苦旅程。

「我只想讓你知道，」這女孩冷淡地說，「無論你是誰，或者你想對我做什麼，我絕不會給你任何形式的幫忙，也不會協助你。而且我會盡一切力量阻撓你的計畫和願望。」她接著又激動地加了一句：「你這白痴。」

「嗯，」崔斯坦說，「妳能走嗎？」

「不能，」她說，「我的腿斷了。難道你又聾又笨嗎？」

「妳的同類會睡覺嗎？」他問女孩。

「當然。不過不在晚上。晚上我們發光。」

「好吧，」他說，「我要設法睡一下。我想不出還有什麼事好做。今天發生的每一件事情都好辛苦，或許妳也該想辦法睡一覺。我們有好長一段路要走呢。」

天空漸漸亮了起來。峽谷裡，崔斯坦把頭枕在自己的皮袋上，盡力不理會鎖鏈那端的藍衣女孩傳來的侮辱和咒罵。

他想知道自己若沒回去，矮小多毛的男人會怎麼辦。

他想知道維多利亞·佛瑞斯特此刻在做什麼。後來，他決定告訴自己她可能在她父親的農舍裡，在自己的房間，自己的床上熟睡著。

他想知道六個月算不算長途跋涉，還有在路上要吃什麼。

他想知道星星都吃什麼。

接著他就睡著了。

「大笨蛋。土包子。大傻瓜。」星星說道。

她嘆了一口氣，盡可能在這種情況下讓自己舒服一點。她的腿疼得痲木了，但仍痛個不停。她試了試腕上的鎖鏈，但鎖鏈又牢又緊，她根本沒辦法逃脫，也破壞不了。「呆子，髒鬼。」她小聲嘟囔著。

然後她也睡著了。

5

在此有不少王冠爭奪戰

早晨明亮的光線下，年輕女子看起來更像人類了，沒那麼輕飄飄的。自從崔斯坦醒來，她一句話也沒說。

女子坐在無花果樹下怒視著他，陰沉著臉對他皺眉頭，他拿出刀子，把一根落枝砍成丫字型枴杖。他從一段嫩枝上剝下樹皮，繞在丫字型上端的開岔部分。

他們還沒吃早餐，而崔斯坦真是餓極了。他工作時胃咕嚕咕嚕響；星星卻一點也不叫餓。另一方面，她什麼也不做，只是先譴責地看著崔斯坦，然後又毫不掩飾自己的憎惡。

崔斯坦把樹皮拉緊，在下面打個環結，再使勁扯了扯。「老實說，這不是針對妳。」他對著女子和樹叢說。在強烈的陽光照耀下，除了她身邊最暗的陰影還看得到一些光之外，她幾乎不再發亮了。

星星伸出白皙的食指，在兩人之間的銀鎖鏈上下滑動，沿著纖細手腕上的鎖鏈畫著。她沒回答。

「我做這件事是為了愛。」崔斯坦繼續說道，「而妳真的是我唯一的希望了。她的名字——我是說，我愛的人的名字，叫做維多利亞。維多利亞．佛瑞斯特。她是這整個世界上最漂亮、最聰明、最討人喜歡的女孩。」

那女孩以嘲弄的一哼打破了沉默。「這個聰明討人喜歡的東西派你到這裡來折磨我？」

「噢，不盡然是這樣。聽我說，只要我把我們在前一晚看到的流星帶給她，無論我想要什麼她都會給我，不管是在婚禮上把手交給我，或親吻她的嘴唇。我本來是這麼想，」他承認道，「流星看起來可能像鑽石或岩石。我實在沒有料到會是一位小姐。」

「所以，你找到了一位小姐，就不能來幫她或是讓她自己靜一靜嗎？何苦把她扯進你愚蠢的行為裡？」

「愛。」他解釋道。

她用天藍色的眼睛看著崔斯坦。「我希望你失敗。」她直截了當地說。

「不會的。」崔斯坦說，他如此有自信、如此興致勃勃，遠超過他實際的感受。「拿去。試試這個。」他把枴杖遞給女子，彎下身試圖幫她站起來。皮膚碰觸到女子時他顫了一下，卻不會感到不快。女子像樹墩一樣坐在地上，完全不打算爬起來。

「我告訴過你，」她說，「我會盡一切力量來阻撓你的計畫或願望。」她環視著樹林。「這個世界在白天裡看起來真是單調沉悶，而且好討厭。」

「妳只要把重量放在我身上，其餘的就靠在枴杖上。」他說，「妳總歸得動一動。」他使勁拉鎖鏈，星星才開始心不甘情不願地站起來，先倚著崔斯坦，然後，彷彿挨近崔斯坦會讓她噁心似的，她改靠到枴杖上。

她氣喘吁吁，接著深吸一口氣，卻突然摔倒在草地上，臉孔扭曲地躺著，小聲喊痛。崔斯坦跪到她身邊：「怎麼了？」

她的藍眼睛一眨，裡面溢滿了淚水。「我的腿。我沒辦法站起來。一定是真的斷了。」她疼得發抖，皮膚變得像雲一樣白。

「對不起。」崔斯坦說，一點也幫不上忙。「我來幫妳做一個固定夾板。我替綿羊做過。沒問題的。」崔斯坦緊緊握住她的手，走到溪邊把手帕浸溼，遞給星星擦拭前額。

他用刀子多劈開一些枯木。然後脫下短外衣，再脫掉襯衫，把襯衫撕成布條，盡可能把那些枝條緊緊綁在女子受傷的腿上。他綁的時候星星什麼也沒說，雖然在他綁緊最後一個結時，他認為自己聽見星星暗自抽泣。

「說真的，」他告訴星星，「我們該給妳找個正規的醫生。我根本不是外科醫師。」

「不是嗎？」她冷淡地說，「你真讓我驚訝。」

崔斯坦讓她在太陽底下休息了一會兒，然後說：「我想我們最好再試一次。」便扶著她站了起來。

他們蹣跚離開沼澤地，星星費力地把身體靠在楞杖和崔斯坦的手臂上，每一步都痛得難受。每一次她遲疑或痛得往後縮，崔斯坦就覺得內疚而尷尬，但他藉著想念維多利亞·佛瑞斯特的灰色雙眸，讓自己鎮定下來。他們沿著榛樹林中的鹿徑往前走時，崔斯坦（他決定應該多和星星聊一聊才對）問她當星星多久了、當星星是不是很有意思、是不是所有的星星都是女性。還說他一直以為星星都像雀麗太太教的，是冒著灼熱瓦斯的火球，像太陽一樣，只是離得更遠，離我們幾千幾萬里。

星星對這些問題和評論完全不回答。

「那妳怎麼會掉下來的？」他問道，「妳絆到什麼東西嗎？」

她不再前進，轉過身來瞪著崔斯坦，彷彿從很遠的距離外檢視什麼令人相當不快的東西。

「我沒有絆倒。」她終於開了口，「我是被這個打到的。」她把手伸入衣服，拿出一塊發黃的大石頭，下面懸盪著兩節銀鏈。「我身體側面有塊瘀傷，是這東西打的。它還把我打到地上來。現在我有義務把它帶在身邊。」

「為什麼？」

她似乎差一點出聲回答了，但又搖了搖頭，閉緊雙唇，什麼也不說。一條小河跟著他們的步伐發出潑濺聲，潺潺從他們右側流過。正午的太陽在他們的頭頂上，崔斯坦越來越餓。他從袋裡拿出剩下的乾麵包皮，用河水浸溼，分成均等的兩半。

星星不屑地審視溼麵包，沒拿起來吃。

「妳會餓壞的。」崔斯坦警告她。

她什麼也沒說，只是把下巴抬高了一點兒。

他們繼續慢吞吞地穿越林地，沿著鹿徑費力爬上小山丘的斜面，越過許多橫倒的樹幹。鹿徑變得十分陡峭，蹣跚而行的星星和捉住她的人十分容易因此摔倒。「有沒有比較好走的路？」星星好不容易開口問道，「比方說馬路還是空曠的地方？」

問題才剛問完，崔斯斯坦就有了答案。他指出方向告訴星星：「半里外有一條馬路。」然後又轉身指著另一個方向說：「那裡有空地，在灌木叢後面。」

「你早就知道了？」

「對——噢，不對，妳問我的時候我才知道的。」

「我們往空地那邊走吧。」她說。於是他們盡可能推開灌木前進，卻也仍然花了快一小時才抵達空地。他們到空地時，看到地面平坦得像遊樂場一樣。整個空間似乎為了某種目的而清理過，但崔斯坦無法想像究竟是為了什麼。

他們離這林間空地的中央還有點距離，那裡的草地上有個裝飾華麗的黃金王冠，在午後陽光下閃閃發亮。王冠上鑲嵌著紅色和藍色的石頭，紅寶石和藍寶石，崔斯坦想道。就在他打算走向王冠時，星星碰碰他的手臂，說道：「等一下。你有沒有聽見鼓聲？」

他聽見了：一陣低沉、有節奏的震動從周圍傳來。聽起來近在咫尺，又好像十分遙遠，回聲傳遍了山丘。接著，從空地遠方的樹林裡傳來轟然巨響，還有高聲驚叫。一匹巨大的白馬來到空地，身體一側有道深長的傷口，不停淌著血。牠衝進空地中央，接著轉了個身，低頭面對自己的追捕者——對方緊追不捨到了空地，發出低沉的怒吼，讓崔斯坦全身汗毛都豎起來了。那是一頭獅子，但一點也不像崔斯坦在鄰村市集上看過的獅子（滿身疥癬、沒牙齒又流淌黏液）。這頭獅子十分高大，毛髮接近日暮時分的沙灘色。牠跑進這塊林間空地，停下來對白馬咆哮。

馬看起來嚇壞了。牠的鬃毛與汗水和血纏結在一起，眼神狂亂。同時，崔斯坦注意到牠的前額中央突出一根乳白色的長角。牠用後腿直立，一面嘶叫一面噴著鼻息，一隻鋒利且沒上蹄鐵的蹄子踢中獅子的肩胛，使得牠像被開水燙到的大貓般哀嚎，往後驚跳。於是，這頭獅子保持距離，在謹慎的獨角獸身旁打轉，金黃的眼睛無時無刻都準備好，要應付那總是對著牠的長長尖角。

「阻止牠們，」星星低聲說道，「牠們會互相殘殺的。」

獅子對著獨角獸咆哮。一開始聲音溫和低沉，像是遠方的響雷，到最後卻是一陣怒號，轟隆震響林中的樹木、溪谷裡的岩石和天空。接著獅子突然躍起，獨角獸揚起後蹄奔竄，林間空地滿是金色、銀色、紅色，因為獅子伏在獨角獸背上，利爪深深劃開牠的身側，嘴咬住了牠的頸部；而獨角獸發出悲鳴，拱著背朝上跳又往下摔，想擺脫這頭巨貓，徒勞無功地試著用蹄子和角攻擊那使牠痛苦的動物。

「拜託你想想辦法。那隻獅子會殺了牠。」女孩著急地請求。

崔斯坦想對她解釋，如果自己靠近這兩隻狂怒的野獸，只可能會被刺穿、踢倒、抓傷，甚至被吃掉；他還想進一步解釋，就算他能活著接近牠們，他還是什麼忙都幫不上，因為他連一桶水也沒有——那是石牆鎮民用來讓打架的動物分開的傳統方法。但就在這麼多念頭閃過腦海時，崔斯坦已經站到了林地中央，離兩頭野獸只有一臂之遙。獅子的氣味濃重、具有獸性而且恐怖嚇人，但是崔斯坦近得足以看到獨角獸黑眼中的哀求神情。獅子和獨角獸在爭奪王冠，崔斯坦暗自想著，回憶起那首古老的童謠。

獅子在小鎮各處戰勝獨角獸
擊敗了牠一次
擊敗了牠兩次
用盡了權勢與力量
擊敗了牠三次

想到這裡，他把像鉛一樣沉重卻又脆弱的王冠從草地上撿起來。他走向兩頭動物，像在父親農場上對易怒的公綿羊和狂躁的母綿羊說話似的，對獅子說道：「好了好了，放輕鬆，這是你的王冠？」

獅子把獨角獸咬在口中晃來晃去，像玩弄著羊毛圍巾的貓。牠迷惑不解地瞥了崔斯坦一眼。「喂！」崔斯坦說。獅子的鬣毛裡纏結著細刺和樹葉。他朝著巨獸舉起沉重的王冠。「你贏了。讓獨角獸走吧。」然後他往前跨了一步，伸出顫抖的雙手，把王冠戴在獅子頭上。

獅子費勁放下獨角獸躺倒在地的身軀，放輕腳步靜靜沿著林間空地走了，頭抬得高高的。牠到達樹林邊緣時停下來，花了幾分鐘以鮮紅的舌頭舔舐傷口，接著便發出地震般低沉的呼嚕聲，悄悄走進森林裡去。

星星一拐一拐地走到受傷的獨角獸身邊，笨拙地蹲到草地上，受傷的腿向外斜伸。她摸摸牠的頭。「真可憐，可憐的小東西。」獨角獸睜開烏黑的眼睛凝視著她，把頭枕在她的膝蓋上，再次閉上了眼睛。

那天晚上，崔斯坦把最後一片硬麵包當作晚餐吃掉，而星星還是什麼也沒吃。她堅持要陪在獨角獸旁邊，崔斯坦也不忍心拒絕。

林間空地現在十分陰暗。他們頭上的天空布滿千萬顆閃爍的星星。星星少女閃閃發亮，彷彿在銀河裡刷洗過一遍似的；獨角獸也在黑暗中散發柔和的光芒，像雲層後的月亮。崔斯坦躺在獨角獸這龐然大物身邊，感覺牠的溫暖發散到暗夜中。星星躺在野獸的另一側，聽起來似乎在對獨角獸小聲唱歌，崔斯坦真希望能聽清楚她在唱什麼。他聽得到的片段旋律聽來奇特又撩人，但星星唱得那麼小聲，他幾乎什麼也聽不見。

他的手指碰到把他們繫在一起的鎖鏈；它就像雪一樣冰冷，像磨坊水池裡的月光，或者像鱒魚在傍晚游到水面覓食時，銀色魚鱗反射的光芒，又薄又細。

他很快就睡著了。

魔法女王駕著輕便馬車沿著森林小徑走，在兩隻白色公山羊慢下來時用鞭子抽打牠們的身體。她大約在半里外就注意到路旁有堆小小的營火，從火苗的顏色認出那是她的子民生的火——因為魔女的火焰燃燒著不尋常的色彩。於是當她抵達漆著鮮豔色彩的吉普賽篷車和營火堆，便勒住山羊，停了下來。鐵灰色頭髮的老太婆坐在營火邊，正打算朝烤著野兔的火堆裡吐痰。油脂從野兔剖開的腹部滴落，在火裡嘶嘶滋滋響，散發出混合著烹調肉類和木柴濃煙的香氣。

一隻五彩繽紛的鳥兒棲息在篷車前駕駛座旁的木棍上。當牠看見魔法女王便拍動羽毛，驚恐大叫，但牠被鎖在棲桿上飛不走。

「在妳開口之前，」灰髮老太婆說，「我得告訴妳，我只是個又老又窮的花販子，無害的老婦人，從來沒有對誰做過什麼事。看到像您這樣高大又令人害怕的女士，我心裡充滿了敬畏和恐懼。」

「我不會傷害妳的。」魔法女王說道。

醜老太婆把眼睛瞇成狹縫，上下打量這位穿著紅長袍的女士。「妳說是這麼說啦，」她說，「但像我這樣單純，從頭到腳都在發抖的小老太婆，我怎麼知道是不是真的？妳可能正打算半夜要洗劫我，或是要做更恐怖的事。」她用棍子撥弄火堆，火燃燒得更旺了。烤肉的香氣瀰漫在寂靜的夜空裡。

穿著猩紅色長袍的女士說：「以妳我同屬的姊妹盟約的律法和約束、以莉莉姆的權威、以我的嘴脣、胸部與童貞，我發誓我對妳沒有惡意，也會像對待我的客人一樣對待妳。」

「對我來說這夠好了，親愛的。」老太婆說道，臉上咧開了微笑。「過來坐下吧。只要綿羊尾巴搖兩下的時間，晚飯就會好了。」
「樂於從命。」紅長袍女士說道。
兩頭山羊用鼻子噴氣，咀嚼輕便馬車旁的草葉，不安地遠望著繩子拴住的拉篷車騾子。「很好的山羊。」醜老太婆說。魔法女王點點頭，端莊地微微一笑。手鐲般繞在她手腕上的深紅色小蛇在火光照耀下閃閃發光。
醜老太婆繼續說道：「欸，我親愛的，我的昏花老眼已經不比從前了，不過我應該沒看錯，那兩個好傢伙裡有一個出生時是用兩隻腳走路，不是四隻腳喔。」
「這種事時有耳聞。」魔法女王承認道，「比方說，妳那隻絢麗奪目的鳥兒。」
「大約二十年前，那隻鳥把我庫存的一項珍品拿去送人，給了一個什麼也不是的廢物。後來她帶給我的麻煩簡直是無法想像。所以這些日子以來，除了有事要做，或是要照顧花鋪外，她都只是鳥兒。要是我能找到一個又好又壯的僕人，一點也不怕辛苦的工作，到時就會讓她永遠當鳥兒了。」
鳥兒在棲木上發出悲傷的鳴叫。
「人們叫我施美樂夫人。」醜老太婆說。
當妳還是黃毛丫頭時，人們叫妳死水莎樂，魔法女王心想，但沒有說出口。她反而說道：「妳可以叫我魔望奈。」她仔細想想，這簡直像在惡作劇（因為「魔望奈」的意思是「海浪」，而她真正的名字早已被冰冷的海水淹沒而遺失了）。
施美樂夫人站起來，鑽進篷車，拿出兩個彩繪的木碗、兩把木柄餐刀和一小罐晒乾磨碎的綠色香料粉末。「我本來要用新鮮葉子當盤子，用手指拿東西吃。」她一面說，一面把碗遞給穿猩紅長袍的女士。碗上彩繪了一株向日葵，卻被一層汙垢覆蓋住。「但是我又想，我哪裡會經常碰到這麼好的同伴呢？所以一定要用最好的。妳要頭還是尾？」

「妳來選吧。」她的客人說。

「哪，頭給妳，還有美味多汁的眼睛跟腦，酥脆的耳朵；我吃大腿，只有乾巴巴的肉可以啃。」她說話時唾沫一直噴到火堆上；她拿著兩把刀，用刀的速度快得只看到刀鋒微微一閃，就已經把兔子切開、把肉從骨架上剔下來了。她把肉均分成兩份，放到碗裡。她把那罐香料遞給客人。「親愛的，我沒有鹽，不過妳要是灑一點這個東西，也會有同樣的作用。一點點羅勒、一點點高山百里香——是我獨創的祕方。」

魔法女王接過自己那份烤野兔和刀子，灑了一點香料在食物上。她用刀尖叉了一小塊，津津有味地吃了起來。她的東道主卻玩弄著自己那份食物，挑剔地用嘴吹氣，香脆的棕色烤肉上冒出騰騰熱氣。

「味道如何？」老太婆問道。

「真是太可口了。」她的客人真心誠意地說。

「是香料讓它那麼好吃的。」醜老太婆解釋。

「我嘗得出羅勒和百里香，」客人說，「但還有一種味道，我覺得很難形容。」

「啊。」施美樂夫人說。她咬下一小片肉。

「這一定是最不常見的味道。」

「一點也沒錯。那種草藥只有在加拉蒙才長得起來，在一座大湖中央的小島上。它跟所有的肉類和魚類都是絕配，味道讓我想起茴香葉，還有一點點肉荳蔻的微香。這藥草的花朵是最吸引人的柳橙色澤，它對傷風和瘧疾都有幫助，此外，還有一點溫和的催眠效果，珍奇的特性可讓吃下的人在數小時內只能說實話。」

猩紅長袍女士的木碗掉到地上。「地獄邊緣草？」她說，「妳居然敢讓我吃地獄邊緣草？」

「那只是偽裝而已，親愛的。」老太婆開心地咯咯笑道，「那麼，告訴我吧，魔望奈夫人——如果這真是妳的名字，妳要駕著妳那漂亮的輕便馬車去哪裡？為什麼妳這麼像我以前認識的一個人？施美樂夫人不論什麼事或什麼人都不會忘記的。」

「我正在尋找星星的旅途中，」魔法女王說道，「那顆星掉在腹山另一邊的大樹林裡。等我找到她，趁著她還活著、心臟還屬於她的時候，我會用我最喜歡的刀子剜下她的心臟。因為活的星星心臟是最至高無上的藥，能對抗一切年齡與時間陷阱。我的妹妹都在等我回去。」

施美樂夫人逕自咯咯大笑得前仰後合，瘦骨嶙峋的手指緊緊抓住兩旁的東西。「星星的心臟是嗎？嘿！嘿！對我可是多麼有用的寶物啊！我要儘量多吃，我的青春就會回來了，我的頭髮會從灰色變回金色，乳房也會膨脹柔軟，變得堅挺高聳。然後我要把剩下的心臟都拿到石牆鎮的大市集去賣，嘿嘿！」

「妳不會做這種事的。」她的客人十分沉靜地說。

「不會？親愛的，妳是我的客人。妳發過誓。妳吃了我的食物。根據我們姊妹盟約的律法，妳沒有辦法做什麼事來傷害我。」

「喔，我可以做太多事來傷害妳了，死水莎樂，但我只想指出，吃了地獄邊緣草的人在接下來幾小時只能說實話；還有一件事……」她說話時，遙遠的燈光在她的字句間閃爍，森林寂靜無聲，彷彿每棵樹上的每片葉子都在專心一意聽她講話。「我這麼說吧：妳竊取了不應得的知識，卻不會給妳帶來好處。因為妳將看不見、察覺不到、摸不著、嘗不到、找不到那顆星星，甚至殺害不了它。就算有人把它的心臟剜出來給妳，妳也不會知道，永遠不曉得手上有什麼東西。這就是我要說的話，而我說的都是真的。順便讓妳知道一下這件事：我根據姊妹盟約的協定發過誓，說我不會傷害妳。如果我沒有發過這個誓，我會因為妳對我的侮辱，把妳變成黑甲蟲，一根一根扯掉妳的腿，把妳留給眼尖的鳥兒。」

施美樂夫人懼怕得雙目圓睜，越過火堆上的熊熊火焰凝視她的客人。「妳是誰？」她說。

「妳以前認識我的時候，」穿猩紅長袍的女人說，「我跟我的妹妹在卡爾納迪恩滅亡前一起統治那裡。」

「是妳？可是妳已經死了，死了好久了。」

「人們很久以前就說莉莉姆死了，但他們一直在說謊。據說某顆特別的橡實會長出特別的橡樹，在砍下它做成的嬰兒床裡，會睡著一個長大後要殺死我的小寶寶。但松鼠還沒找到那顆橡實。」

她說話的時候，銀色的光芒在火焰間搖曳閃爍。

「所以就是妳了。妳恢復青春了。」施美樂夫人嘆了一口氣，「那麼，我也能恢復年輕。」

穿猩紅長袍的女士站了起來，把裝她那份食物的碗放到火裡。「妳什麼也別妄想，」她說，「聽見了沒有？等我一離開，妳就會忘記妳曾經見過我。妳會忘記這一切，包括我的詛咒，儘管一想到我的詛咒還是會使妳心煩意亂、躁動易怒，就像早已鋸掉的手腳上的皮癬仍然會讓妳發癢。希望妳以後對待客人能更體貼、更有敬意才好。」

此時，木碗忽地爆出火苗，巨大的火焰燒焦了離她們頭頂有一段距離的橡樹樹葉。施美樂夫人用棍子把燒黑的木碗從火堆裡拾起來，放在長長的草叢裡用力踩踏。「我是著了什麼道，把碗掉進火堆裡？」她大聲喊叫，「看哪，我這麼好的一把刀子都燒焦弄壞了。我到底在想什麼呀！」

沒有回應。道路的遠處傳來某種東西有節奏的敲擊，像是山羊的蹄腳在夜晚快速奔跑。施美樂夫人搖搖頭，彷彿想清掉腦袋裡的灰塵和蜘蛛網。「我年紀大了。」她對坐在駕駛座旁木桿上的五彩鳥兒說道。而鳥兒每一件事都看到了，也不會忘記。「老嘍。實在是無能為力呀。」鳥兒不太自在地在木桿上移動位置。

一隻松鼠尋尋覓覓，略為猶豫地走近火光。牠拾起一顆橡實，用手一般的前爪舉了一會兒，彷彿在祈禱。然後牠跑掉了——去把橡實埋起來，從此遺忘。

史蓋斯落潮鎮是建立在花崗岩上的海港小鎮，是雜貨零售商、造船木匠和縫帆工人的小鎮；少了手指或斷了腿的老水手在這裡開酒店，要不就是整天泡在酒店裡。他們所剩無幾的頭髮仍然編成油膩膩的長辮子，臉上長長的鬍渣也有了星星斑白。史蓋斯落潮鎮上沒有妓女，或者說沒有人自認是妓女，儘管總是有很多女人一經逼問，便會把自己描述成彷彿已婚，只不過這個丈夫每六個月跟這艘船到這裡一次，另一個丈夫則在那艘船上，每九個月回港口一個月。

諸如此類的數學計算一向讓大部分的人滿意。萬一計畫失敗，某個男人回來時，妻子還跟別的丈夫在一起，他們就會打上一架，而酒店會給打輸的人慰藉。水手並不介意這種安排，因為至少這樣一來，他們就會知道，在某個地方會有一個人注意到自己沒有從海上回來，哀悼他們的逝去。他們的妻子心甘情願地接受自己的丈夫也不忠，因為人類的感情無法與大海抗爭，既然她同時是母親也是主婦，當時刻到來，她會洗淨他的屍體，洗得像珊瑚、象牙和珍珠一樣。

暴風堡的伯穆斯勳爵在某晚抵達史蓋斯落潮鎮。他穿著黑衣，留著濃密嚴肅的絡腮鬍，就像鎮上某個煙囪裡的鸛鳥巢一樣。他駕著四匹黑馬拉的大馬車，來到庫克街上的「海員之家」旅館，要了一間房。

他提出的需要和請求都被當作最古怪的要求，因為他把自己的食物和飲料帶進房間，鎖在一個木頭箱子裡，只有在需要拿蘋果、乳酪或是香料調味酒的時候才會打開。「海員之家」是棟又高又窄的建築物，蓋在堅如磐石的礦脈上，很方便走私。他住在位置最高的房間裡。

他買通好幾個當地的街頭頑童，叫他們在看到沒見過的人來到鎮上時，來向他報告，無論從陸地或海上來都不例外。尤其要他們注意一個個子非常高、瘦骨嶙峋、深色頭髮的傢伙，他有張削瘦貪婪的臉還有空洞茫然的眼睛。

「伯穆斯確實學會小心了。」仲敦斯對另外四個已死的兄弟說。

「噢，你知道人們是怎麼說的。」伍特斯用死者戀戀不捨的語氣低聲說道，在那天，他聽來就像遠方的波浪拍打圓卵石的聲音：「厭倦防備幼穆斯的人就是厭倦生命。」

早晨，伯穆斯會跟史蓋斯落潮鎮上擁有船隻的船長談天，大方請他們喝酒，但從不跟他們一起吃喝。下午他則視察碼頭的船隻。

很快地，史蓋斯落潮鎮上的流言蜚語（那裡有很多愛說長道短的人）就有了梗概，並加油添醋：這個蓄絡腮鬍的紳士要搭船去東方。這個故事很快就被另一個淘汰，說他是要跟著顏恩船長的「夢想之心」號出航。那是一艘用黑色裝飾的船，甲板漆成血腥的深紅色，名聲多多少少還不錯（意思是這艘船只在遠方海域進行非法行為）。只要他一聲令下，馬上就會開船。

「主人好！」一個街頭頑童對伯穆斯勳爵說道，「有個人來到鎮上，是走陸路來的。他寄宿在佩提耶夫人家。他瘦瘦的，長得跟烏鴉一樣，而且我看到他在『海之怒號』酒吧裡，請每一個在場的人喝酒。他說他是窮困的海員，想找份工作。」

伯穆斯拍拍男孩骯髒的頭，給他一枚硬幣。他接著轉身回去準備，當天下午便宣布「夢想之心」在短短三天內就會離開港口。

「夢想之心」預備出航的前一天，人們看到伯穆斯把自己的大馬車和四匹馬賣給華鐸街的馬夫，然後沿著碼頭，施捨一些小硬幣給街頭的小混混。他走進「夢想之心」的船艙，下了嚴厲的命令，無論理由是好是壞，都不許任何人打擾他，直到他們至少離岸一週後為止。

當晚，不幸的意外降臨在一個能幹的水手身上，這水手負責「夢想之心」的帆具。醉醺醺的他摔倒在瑞凡紐街溼滑的鵝卵石路面，把腰給跌斷了。幸運的是有個現成的候補人選——就是這個海員，他在那天晚上和水手一起喝酒，還說服這個受傷的傢伙在溼滑的路上示範一個特別困難的角笛舞步。於是這個又高又黑，長得像烏鴉的海員，當天晚上就在自己的出海文件上畫了個圈圈代替簽名，於黎明時分上了甲板，船便在清晨的薄霧中駛出港口。「夢想之心」航向東方。

而暴風堡的伯穆斯勳爵刮淨了鬍鬚，站在海邊的懸崖頂上看著船開走，直到消失蹤影為止。然後他走下華鐸街，把馬夫的錢還給他，又多給了其他東西，才駕著四匹黑馬拉的黑色大馬車駛上馬路，朝西方離去。

這個辦法顯而易見。畢竟獨角獸幾乎整個早上都非常慢地走在他們身邊，偶爾還用寬大的前額輕碰星星的肩膀。斑爛的體側上被獅爪抓出的傷前一天還像紅色的花朵，現在已經乾成棕色並結疤了。

星星一瘸一拐、歪歪斜斜地蹣跚而行，崔斯坦走在她身邊，冰冷的鎖鏈把他們的手腕綁在一起。

從一方面來說，崔斯坦覺得「騎在獨角獸上」的念頭似乎有那麼一點褻瀆意味；牠不是馬，也不曾同意遠古時期人馬之間的任何協議。牠的黑眼睛裡有著野性，牠奔放不羈的步伐間若是有一個不老實的跳躍，那可就危險了。另一方面，崔斯坦雖然說不上來，但他開始覺得那獨角獸很關心星星，也希望能幫助她。於是他說：「嘿，我知道妳想儘量讓我受挫，但要是獨角獸願意的話，也許牠可以讓妳騎在背上走一小段路呢。」

星星一句話也沒說。

「怎樣？」

她聳了聳肩。

崔斯坦轉向獨角獸，看進牠又黑又深的眼睛。「你能了解我的意思嗎？」牠沒有回答。崔斯坦希望牠能像受過訓練的馬，點點頭還是跺跺腳，就像他小時候在鎮上的草原上看過的一樣。但牠只是張大了眼睛看著。「你可以載這位小姐嗎？拜託？」

這頭野獸不發一語，既不點頭也沒跺腳。但牠走向星星，在她腳前跪了下來。

崔斯坦幫星星爬上獨角獸的背。星星緊緊抓住牠糾結紊亂的鬃毛，側坐在牠的背上，伸出斷腿。

他們就這樣走了幾個小時。

崔斯坦走在他們旁邊，把楞杖扛在肩上，行李袋垂盪在楞杖尾端。他覺得星星現在騎在獨角獸背上，這趟路還是像之前一樣難走。那時他被迫慢慢走，設法配合星星蹣跚的步伐；現在他得快點追上獨角獸，唯恐獨角獸走得太前面，聯繫兩人的鎖鏈會把星星從野獸的背上扯下來。他痛苦地意識到自己有多麼飢餓。很快地，崔斯坦開始覺得自己彷彿一團飢火，被薄薄的肉體包住，只能盡可能快步走著。

他跌跌撞撞走著，知道自己快跌倒了。

「拜託，停一下。」他氣喘吁吁地說。

獨角獸慢了下來，停住腳步。星星朝下看著他，搖搖頭，做了個鬼臉。「如果獨角獸願意載你的話，」她說，「你最好也上來。否則你會昏過去還是什麼的，把我跟你一起拖到地上。我們也該找地方讓你弄點東西吃。」

崔斯坦感激地點了點頭。

獨角獸沒有顯露出反對的樣子，順從地等著。於是崔斯坦設法爬上牠的背。這有點像攀爬垂直的高牆，同時也像爬高牆般徒勞無功。最後崔斯坦把牠帶到一株山毛櫸旁，這棵櫸樹在好幾年前就被暴風雨、或大風、或暴躁易怒的巨人連根拔起。崔斯坦舉起行李和星星的楞杖，從樹根爬上樹幹，再從樹幹爬上獨角獸的背。

「那座小山的另一邊有個村莊，」崔斯坦說，「希望等我們到那裡的時候，能找到一點東西吃。」

他用空著的手拍拍獨角獸的側腹。野獸開始走了起來。崔斯坦把手移到星星的腰上，免得自己掉下去。他感覺得到她那件薄衣絲綢般的觸感，還有她腰上繫著那塊黃玉的粗鏈子。

騎獨角獸不像騎馬；牠行進起來不像馬匹，騎起來比較野，也比較奇怪。獨角獸一直等到崔斯坦和星星舒適地坐在背上，才安閒地慢慢開始加快腳步。

樹木起伏搖動，急速擦過他們身邊。星星往前靠，手指深陷進獨角獸的鬃毛裡；崔斯坦（他害怕得忘了飢餓）用膝蓋緊緊夾住獨角獸的身體，只能祈禱自己不會被突然出現的樹枝打到地上。很快地，他發現自己開始享受這次的經歷。對那些還能騎獨角獸的人來說，騎乘獨角獸跟其他任何經驗都不同：輕鬆愉快，令人陶醉，而且美好。

抵達村莊的近郊時，太陽快要下山了。草浪起伏的牧地裡，獨角獸膽怯地停在一棵橡樹下，再也不肯往前一步。崔斯坦從牠背上下來，重重落在草地上。他的屁股很痠，但星星毫不抱怨地朝下看著他，他實在不敢伸手去揉。

「妳餓了嗎？」他問星星。

她一言不發。

「喂，」他說，「我餓壞了。真的要餓死了。我不知道妳……不知道星星吃不吃東西，還是吃什麼。但我不會讓妳把自己給餓死的。」他質問地抬頭看著星星。星星低頭瞪著他，先是無動於衷，然後一瞬間，藍色的眼睛溢滿了淚水。她舉起一隻手擦掉臉上的眼淚，在臉頰上留下一道泥痕。

「我們只吃黑暗，」她說，「我們只喝光線。所以我不餓。我孤單又害怕又冷又可憐又被俘擄，但我不餓。」

「不要哭。」崔斯坦說，「我要進村子裡找點吃的。妳就在這裡等著。如果有任何人靠近，獨角獸會保護妳。」他伸出手溫柔地將她舉起，讓她從獨角獸的背上下來。獨角獸甩甩鬃毛，開始心滿意足地啃食牧草地上的青草。

星星抽吸著鼻子。「在這裡等？」她邊問邊舉起連在兩人之間的鎖鏈。

「喔，」崔斯坦說，「把妳的手給我。」

星星把手伸給他。他笨拙地摸索鎖鏈，想要打開，卻解不開。「嗯？」崔斯坦說。他拉扯繞在自己手腕上的鎖鏈，卻也一樣牢固。「嗯，」他說，「我好像也被綁在妳身上了，跟妳被我綁住一樣。」

星星把頭髮甩到背後，閉上眼睛，深深嘆了一口氣。接著，她睜開眼睛，再度恢復鎮靜，說道：「也許有魔法密語還是什麼的。」

「我不知道什麼魔法密語。」崔斯坦說。他舉起鎖鏈，鏈子在落日的光線下反射出紅色和紫色的光芒。「拜託打開？」他說。鏈子裡傳出細細的波動，他的手便滑了出來。

「拿去。」崔斯坦說著，一面把繫住星星的鎖鏈另一端交給她。「我會設法早點回來。如果有什麼精靈小人對妳唱些愚蠢的歌，看在老天的分上，別把枴杖丟到他們頭上。他們只會把枴杖偷走。」

「我不會的。」她說。

「我相信妳會以身為星星為榮，不會跑掉。」他說。

她摸摸自己的斷腿。「我會有一段時間沒辦法跑了。」她意有所指地說。崔斯坦聽了很滿意。

他走完最後半里路到村子裡。由於距離旅人絡繹往來的道路太遠，這個村子沒有旅店，但一位胖胖的老婦人向他解釋了之後，堅持叫他一起去她的小屋，在那裡給了他一小杯啤酒和滿滿一木碗壓實的大麥粥，裡頭還有紅蘿蔔。他用細麻紗手帕跟她換了一瓶接骨木花甜酒、一塊圓形的綠乳酪和好些他不怎麼熟悉的水果；這些水果很柔軟，表面覆有絨毛，就像杏桃一樣，但顏色卻是葡萄的藍紫色，聞起來又有點像熟透的桃子。老婦人還給了他一小捆乾草料，要給獨角獸吃。

他吃著一片甜美多汁又耐嚼的水果，走回當初留下星星和獨角獸的牧草地。他想知道星星會不會願意嘗一點，說不定她吃了以後就會喜歡。他希望星星看到自己為她帶回來的東西會很高興。

一開始，崔斯坦以為自己一定弄錯了，在月光下迷了路。不；那是同一棵橡樹，星星就是坐在那棵樹下。

「哈囉？」他大叫。螢火蟲和螢科昆蟲在灌木叢裡和樹枝間閃爍著綠色和黃色的光芒。沒有回答。崔斯坦感到胃裡有種噁心、愚蠢的感覺。「哈囉？」他又大叫。然後他停止了喊叫，因為沒有人回答。

他把乾草料扔到地上，一腳踢開。

星星朝著他的西南方前進，移動的速度比他能走的速度要快得多。他在明亮的月光下跟隨著。內心深處，他感到愚蠢傻氣，一陣由罪惡、羞辱、懊悔混合而成的劇烈痛苦使他苦惱得不得了。他不應該鬆開綁她的鎖鏈，應該把她綁在樹上；他應該強迫星星跟他一起走進村子裡。他行走時，這念頭閃過他的腦袋；但另一個聲音也對他說話，如果他那時沒把星星鬆綁，不久之後也會把她鬆綁，到時她一樣會逃走。

他想知道自己能否再見到星星一面。道路把他引進深邃的樹林，他一直被老樹的樹根絆倒。月光緩緩消失在遮雨篷般厚厚的樹葉下，他毫無意義地在黑暗中又蹣跚走了一會兒，才躺在一棵樹下，把頭枕在行李袋上，閉上了眼睛，不停懊悔到睡著為止。

腹山最南邊的斜坡上，在岩石層疊的高山埡口，魔法女王勒住那輛山羊拉的小馬車，停下來嗅著清冷的空氣。

無數的星星冷冰冰地高掛在頭上的天空中。

她鮮紅欲滴的嘴脣彎成微笑的弧形，看來那麼美、那麼耀眼、那麼純真而且幸福，你看到她時，埡口的山風在她身邊歡欣鼓舞地呼呼作響，彷彿在回答她的話。全身血管裡的血液都會凍結。「在那裡，她朝我過來了。」

伯穆斯坐在火堆的餘燼旁，在厚厚的黑袍下瑟瑟發抖。有一匹黑色公馬不知是醒了或是在做夢，又是嘶叫又呼哧噴氣，然後才恢復安靜。伯穆斯感到臉冷得不可思議；他真懷念濃密的絡腮鬍。他用棍子從餘燼裡挑出一顆黏土球，在手上吐了些唾沫，接著掰開滾燙的黏土球，豪豬肉鮮甜的香氣便冒了出來。這是他趁睡覺時用餘燼的熱度慢慢烤熟的。

他小心翼翼地吃著早餐，把細骨頭上的肉都啃淨，再吐到火圈裡。他配著一塊硬乳酪和一瓶略酸的白酒，把豪豬肉吃了個乾淨。

他吃飽後，用長袍擦了擦雙手，然後用神祕符文占卜，好幫助他尋找代表高崖地和暴風堡廣闊領土統治權的黃玉。他用力擲出那些小小的方形紅色花崗岩片，困惑地凝視。他再次拾起花崗岩片，放在鳥爪般的手裡搖動，接著散落到地上，又凝視了一次。伯穆斯往火堆的餘燼吐了一口痰，在灰燼上發出懶洋洋的嘶嘶聲。他撢去岩片上的塵土，把岩片扔進腰帶上的小口袋。

「它移動得更快、更遠了。」伯穆斯自言自語地說。

他在餘燼上撒了一泡尿，因為他在野蠻的國度裡，這裡的強盜土匪和惡靈比其他地方要來得壞，他一點也不想讓他們意識到自己的存在。然後，他把馬套在馬車上，爬上駕駛座，往森林裡朝著西方、朝著更遠處的山脈駛去。

獨角獸猛然跳進黑暗的森林，女孩緊緊抱住牠的頸子。

樹林裡看不到月光，但獨角獸散發著蒼白微弱的光芒，就像月亮一樣；而女孩自己也閃閃發亮，彷彿身後拖著一道光。當她穿過樹林，隔著一段距離看起來似乎一閃一閃的，忽明忽暗，忽暗忽明，像一顆小星星。

6

樹木說的話

崔斯坦．宋恩在做夢。

他在蘋果樹上目不轉睛地望穿維多利亞．佛瑞斯特的窗戶，她正準備脫衣服。她脫掉外衣，露出大得無邊無際的襯裙，崔斯坦感到腳下的樹枝開始崩斷，然後他就在月光中穿過空氣往下滾落。

他掉在月亮上。

月亮對他說話：求求你，月亮低語著，聲音有點像他母親，保護她，保護我的孩子。他們要傷害她，我已經盡力了。月亮原本還會多告訴他一些，或許也已經說了，但月亮變成了水面上微弱的月光，遠遠在他下方。他發覺有隻小蜘蛛正爬過臉龐，他的脖子一陣痙攣，於是他舉起手小心撣掉臉頰上的蜘蛛，早晨的陽光映入眼底，整個世界都是金色和綠色。

「你在做夢。」一個年輕女人的聲音從他頭頂上方說道。這個聲音很溫柔，但口音怪怪的。他聽見頭頂上紫葉山毛櫸的樹葉沙沙作響。

「對，」他對著樹上的人說，「我剛剛在做夢。」

「我昨晚也做了一個夢，」那聲音說，「在我的夢裡，我往上看，可以看到整座森林。某個很巨大的東西穿過森林。它越靠越近、越靠越近，我就知道那是什麼了。」她突然停下來不說了。

「是什麼？」崔斯坦問道。

「什麼都是，」她說，「那是潘。我還很小的時候，有人——可能是松鼠，牠們很多話——或是鵲鳥，也可能是小魚——告訴我潘擁有這整座森林。噢，不是『擁有』的那種擁有。不是說他會把森林賣給別人，或是在周圍建一堵牆那種。」

「或是把樹砍倒。」崔斯坦幫著說。一陣沉默。他不禁奇怪女孩到哪裡去了。「哈囉？」他說，「哈囉？」

頭頂上傳來另一陣樹葉的窸窣聲。

「你不應該說那種話。」她說。

「對不起，」崔斯坦說，不太確定自己為什麼要道歉。「但是妳剛剛告訴我，潘擁有整座森林？」

「當然，」那聲音說道，「擁有東西並不難。或者說，擁有一切也不難。你只要知道那是你的，然後願意放手。潘就是像那樣擁有森林的。在我夢裡，他來到我身邊。你也在我夢裡，用鎖鏈牽引一個悲傷的女孩。她真的是非常、非常悲傷的女孩。潘叫我幫你的忙。」

「我？」

「我覺得體內從葉梢到樹根都充滿了溫暖，激動又感傷。於是我醒過來，你就在那裡，頭靠在我的樹幹上熟睡，像威金豬一樣打鼾。」

崔斯坦抓了抓鼻子。他不再尋找坐在頭頂上紫葉山毛櫸樹枝間的女人，而是看著這棵樹。「妳是樹。」崔斯坦把思緒化成字句，說出口。

「我並非一直都是樹。」在紫葉山毛櫸樹葉的沙沙聲之間，那聲音說道。「有個魔法師把我變成了樹。」

「那妳以前是什麼？」崔斯坦問道。

「你覺得他喜歡我嗎？」

「誰？」

「潘。如果你是森林之王，除非你喜歡某個人，不然你不會隨便把工作交給他們，而且叫他們盡可能提供幫忙和救助，對吧？」

「噢？」崔斯坦說。在他想出周延的答案之前，樹已經說了：「森林仙子。我以前是木仙子。但是我被一個王子糾纏，他不是好王子，是別種的。你可能以為王子——即使是不好的那一種——也會懂得分寸，是嗎？」

「妳會嗎？」

「我就是這麼想。但是他不懂，所以我逃跑的時候祈求了一點幫助，然後？叭砰！——變成樹。你覺得怎麼樣？」

「噢，」崔斯坦說，「我不知道妳是木仙子的時候是什麼模樣，夫人，但妳是一棵華貴的樹。」

樹沒有立刻回答，但她的葉子優雅地沙沙作響。「我是木仙子的時候，也滿可愛的。」她忸怩承認。

「到底是怎麼樣的幫忙和救助？」崔斯坦問道，「我不是抱怨喔。我是說，現在不管能得到什麼幫忙和救助，我都需要。但是樹能提供的協助好像不是很顯著。妳不能跟我一起走、也不能給我食物，更不能把星星帶來這裡，或是把我們送回石牆鎮，給我的真愛。我可以確定要是下雨了，妳會好好替我遮雨，但是，現在又沒有雨。」

樹簌簌抖動。「那麼何不把你到目前為止的故事告訴我，」樹說道，「讓我自己做出最好的判斷，看我能不能幫上忙。」

崔斯坦不同意。他可以感覺到，以獨角獸快跑的速度，星星已離他越來越遠。如果問他現在最沒時間做什麼，必定就是詳細說明他至今為止的冒險了。但接著他想到，直到現在為止，他追尋星星能有所進展，全靠他人提供的幫助。於是他在樹林地上坐下來，把所有想得到的事全都告訴了紫葉山毛櫸：講到他對維多利亞．佛瑞斯特的愛，純潔又真摯；他要把流星帶回來給她的誓言——不要別的流星，而是他們一起在戴提斯崗上看到的那一顆；還有他進入精靈仙境的旅程。他告訴這棵樹在旅途中遇到的矮小多毛男人，還有那些偷了他絲質禮帽的精靈小人；他告訴樹有關魔法蠟燭的事，還有他橫越許多地方才到達星星落下的沼澤地，以及獅子和獨角獸的事，還有他是怎麼把星星弄丟的。

他說完故事後一片沉寂。樹上的紫銅色葉片輕顫，就像在柔和的風裡搖擺；接著越發劇烈，彷彿暴風雨來臨。最後葉子發出狂暴低沉的聲音，說道：「如果你鎖住她，而她掙脫了鏈子，無論是地上或天上都沒有力量能讓我幫得了你，即使是偉大的潘或是西薇雅女王親自來懇求我也一樣。但你把她的鎖鏈解下來，因此我會幫你。」

「謝謝妳。」崔斯坦說。

「我要告訴你三件真實的事。其中兩件我現在會跟你說，最後一件事等你最需要的時候才說。你自己必須評斷什麼時候要聽。

「首先，星星現在的情況很危險。發生在樹林裡的事很快就會傳到最遠的邊界，樹木告訴風，風再把這些消息傳遞給它吹過的下一棵樹。有些力量想要傷害她，而且更甚於傷害。你必須找到她，保護她。

「其次，有條路通過森林，距離那棵冷杉不遠（我可以告訴你那棵冷杉的事，說起來連石頭都會羞紅了臉），再過幾分鐘會有一輛馬車經過這條路。如果快一點，你就不會錯過。

「還有第三件事，把你的手伸出來。」

崔斯坦伸出雙手。一片紫銅色葉子從高處緩緩飄落，在空中旋轉滑翔，翻滾而下。葉片俐落地降落在他的右手心裡。

「吶，」這棵樹說，「收好。當你最需要的時候聽聽它說什麼。現在——」樹對他說道：「馬車快到這裡了。跑！快跑！」

崔斯坦拿起行李袋就跑，邊跑邊胡亂把葉子塞進短外衣的口袋裡。他聽得見動物蹄聲穿過林間空地傳來，越靠越近。他知道自己不可能趕上，不禁自暴自棄。但他還是越跑越快，直到他聽見自己的心臟在胸腔和耳朵裡怦怦跳，直到聽見自己把空氣吸進肺裡的嘶嘶聲。他快跑猛衝通過蕨叢，剛好在馬車通過時趕到了路邊。

那是一輛黑色馬車，由四匹像夜一般黑的馬拉著，駕車的是個臉色蒼白的傢伙，穿著黑色長袍。馬車離崔斯坦還有二十步遠。他站在那裡大口喘氣，想要叫出聲音，但他的喉嚨乾涸，呼吸也不正常，只能又乾又啞地小小聲說話。他試著大叫，卻只能喘個不停。

馬車沒有減速，就這麼從他身邊經過。

崔斯坦坐在地上恢復呼吸。然後，一心惦念著星星，他站起來，盡可能快步沿著森林小徑走。走不到十分鐘，他就發現那輛黑馬車。一段跟某些樹一樣粗大的橡樹枝掉在路上，就掉在馬兒和駕車的人面前。駕車的人（他也是馬車上唯一的乘客），正奮力把樹枝抬到路邊。

「罪該萬死的東西。」駕車的人說道，他穿著黑色長袍，崔斯坦估計他大概快五十歲了。「沒有颳風，沒有暴雨，它就掉了下來。把馬都嚇壞了。」他的聲音低沉而隆隆作響。

崔斯坦和駕車的人把馬解下來套在橡樹枝上。接著兩個男人在後面推著，四匹馬在前面拉，總算一起把樹枝拖到了路邊。崔斯坦對落下樹枝的橡樹、也對紫葉山毛櫸和森林之王潘無聲地說了謝謝，然後問那駕車的人能否載他穿越森林。

「我不載客的。」駕車的人揉著蓄鬍的臉頰說。

「當然啦，」崔斯坦說，「但要是沒有我，你還會被困在這裡。一定是天意讓你遇到我，就像天意讓我遇到你一樣。我不會叫你離開原本的道路，但你以後可能會慶幸旁邊還有另一雙手。」

馬車駕駛從頭到腳打量崔斯坦。他把手伸進腰間的天鵝絨袋子裡，拿出一把四方形的紅色花崗岩片。

「挑一片。」他對崔斯坦說。

崔斯坦拿起一塊石片，把雕刻的記號朝上對著那人。「嗯，」駕駛只說了這麼一個字，「另外再挑一片。」崔斯坦挑了。「再一片。」那人又揉揉臉頰。「好，你可以跟我來，」他說，「雖然會有危險，但這些神祕符文似乎很確定。不過之後也許有更多掉落的樹枝要搬。你願意的話，可以坐前座，在駕駛座的旁邊跟我作伴。」

崔斯坦爬上駕駛座，注意到古怪的事。他第一眼瞥向馬車裡面時，以為自己看到五個蒼白的紳士，全都穿著灰衣服，悲傷地朝外凝視著他。但下一次他再往裡頭看時，裡面卻一個人也沒有。

在樹葉形成的金綠色天篷下，馬車大聲疾駛過長滿青草的小路。崔斯坦很擔心星星。他想，星星的脾氣雖然壞了點，畢竟都是有原因的。他希望在他追上之前，星星都能遠離麻煩才好。

從前，據說這座由北到南像脊柱貫穿精靈仙境的灰黑色山脈，原本是個巨人，他長得那麼巨大又那麼重。有一天，在耗盡所有活動和生存的力氣後，他在平原上伸展四肢，深深熟睡，每次心跳之間都間隔好幾世紀。如果真有這種事，也是好久好久以前了，那是世界第一紀的事。那時世界上都是石跟火、水和風。如果不是真的，也沒幾個還活著的人能遏止謠言了。儘管如此，不管是真是假，人們把這山區的四座大山取名為頭山、肩山、腹山、膝山，而南邊的山麓丘陵就叫做腳丘。有好幾個登山埡口可穿越這幾座山，一個在頭和肩膀之間，應該是脖子的地方，還有一個緊貼腹山南部。

這裡都是原始山林，棲息著未開化的野生生物。有深藍灰色皮膚的侏儒、長毛野人、迷途的森林野人、雪羊、礦藏守護神、隱士、亡命之徒和偶爾出現的山頂巫婆。這裡不是精靈仙境裡真正高大的山脈（例如胡昂山，暴風堡就位在胡昂山頂）。但對孤零零的旅人來說，卻是難以穿越的山區。

魔法女王幾天前走上了腹山南部的山道，現正等在登山埡口的入口處。她的山羊繫在棘刺灌木上，有氣無力地嚼食著荊棘。她坐在解下牲口的輕便馬車旁，用磨刀石將刀子磨利。

那是古老的刀具；刀柄是骨製的，刀身是極薄的火山玻璃，像煤玉一樣黑，帶有永遠凍結在石頭裡的白色雪花紋理。她有兩把刀：小一點的，是短刃的切肉刀，沉重而堅硬，適合切穿胸腔、把肉切成帶骨的大塊或切成片狀；另一把像長刃的短劍適合剜出心臟。她磨到這兩把刀鋒利得可以抽出任一把，劃過你的喉嚨，而你只會感覺是碰到最細的頭髮，泉湧的溫暖血液卻靜靜擴散開來時，魔法女王把刀收起來，開始準備工作。

她走到山羊身邊，各在牠們耳邊低聲說一個具有魔力的字眼。

兩隻山羊站立的地方站著一個下巴留白鬍子的男人，和一個孩子氣而眼神呆滯的年輕女人。兩人都沉默不語。

女巫在輕便馬車旁邊彎下腰，低語了幾個字。輕便馬車毫無動靜，女巫在岩石上跺腳。

「我老了。」她對兩個僕人說道。他們沒有回答，甚至看不出是否了解她的意思。「無生命的東西一向比有生命的東西難變化。它們的靈魂比較老也比較笨，也比較難說服。如果我能恢復真正的青春……唉，世界初始，我能把山變成海，把雲變成宮殿。我能用沙灘上的小石子使人口聚居在城市裡。如果我能恢復年輕……」

她嘆了口氣，舉起一手：一道藍焰忽明忽滅，在她手指間搖曳片刻，然後她把手放下，彎下身去觸摸輕便馬車，火焰消失了。

她站直身子。現在有好幾道灰髮摻雜在她黑亮的髮間，她的眼睛下方也有深深眼袋；但輕便馬車不見了，她站在埡口邊界的一間旅館前面。

遠處悄悄打了雷，閃電在遠方一閃。

旅館招牌在風中搖晃，吱嘎作響。上面畫了一輛輕便馬車。

「你們兩個，」女巫說道，「進來。她往這邊騎過來了，一定會通過這個登山埡口。現在我只要確定她會進來就好了。你，」她對那個下巴留白鬍子的男人說，「叫做比利，是旅館的主人。我就是你的妻子，還有這個，」她指著眼神呆滯的女孩，她以前是柏密斯，「是我們的女兒，也是廚娘。」

又一道雷聲從山頂迴響而下，比之前更響亮。

「快要下雨了，」女巫說道，「我們來生火吧。」

崔斯坦感覺得到星星就在前面，穩定地向前行進，他似乎離她越來越近了。讓他鬆一口氣的是，黑色大馬車一直跟著星星前進的路走。有一次，出現岔路時，崔斯坦很擔心他們會走上錯誤的岔路。如果真的走錯，他已經準備好要下車自己步行。他的同伴把馬勒住，費勁爬下駕駛座，拿出神祕符文。等到他參考完畢，便重新爬上馬車，駛上左手邊的岔路。

「我這樣問可能有點失禮，」崔斯坦說，「我能請教你在尋找什麼嗎？」

「我的命運。」一陣短暫沉默後，這男人回答，「我的統治權。你呢？」

「我的行為冒犯了一位年輕小姐，」崔斯坦說，「我希望能彌補我的過失。」他說，心裡很清楚這都是真的。

駕車的人哼了一聲。

森林的濃蔭很快變得越來越稀疏。樹木越來越少，崔斯坦仰望著面前的高山，倒吸了一口氣。

「這山可真不得了！」他說。

「等你年紀大一點，」他的同伴說，「一定要來參觀我的城堡，就在胡昂山最高的險崖上。那才是高山，我們可以從那裡俯瞰旁邊的山巒。這些山——」他朝著他們面前那座腹山的最高處做了個手勢，「只不過是小丘陵罷了。」

「說實話，」崔斯坦說，「我希望能以牧羊人的身分在石牆鎮度過餘生，因為我現在已經受了太多刺激，遠超過任何人實際所需的分量，什麼蠟燭啦、樹啦、年輕小姐和獨角獸等等的。但我在精神上接受你給我的邀請，還要謝謝你。如果你有機會來到石牆鎮，那你一定要來我家，我會給你羊毛衣和羊乳酪，隨便你想吃多少燉羊肉就吃多少。」

「你真是太親切了。」駕車的人說。山道現在比較好走了，路面由碾碎的砂礫和大小不一的石塊鋪成。他把鞭子揮得劈啪響，驅策四匹黑色公馬跑快一點。「你說你看過獨角獸？」

崔斯坦差點要把自己碰見獨角獸的一切都告訴同伴，但他稍微仔細一想，便只是說：「牠是最高貴的野獸。」

「獨角獸是月亮的生物，」駕車的人說，「但我從來沒見過。據說牠們服侍月亮，依照她的命令行事。我們應該會在明天傍晚抵達山上。今晚太陽下山時我會停下來休息。你要的話，可以睡在馬車裡面；我自己要睡在火邊。」他的聲調沒有改變，但一個突然浮現又激烈得嚇人的信念，讓崔斯坦知道那男人靈魂深處在害怕著什麼。

那天夜裡，山頂上不時出現閃電。崔斯坦睡在馬車的皮椅上，頭枕著一袋燕麥；他夢見鬼魂、月亮和點點繁星。

黎明時分突然下起雨來，天空好像變成了水。低低的灰色雲層把山峰都遮住。猛烈的雨勢中，崔斯坦和駕車的人把馬匹繫在馬車上出發。現在都是上坡，馬兒跑不快，只能用走的。

「你可以到裡面去，」那人說道，「沒必要我們兩個都淋成落湯雞。」他們已經穿上在駕駛座下面找到的連身油布雨衣。

「除了我第一次跳進河裡以外，」崔斯坦說，「恐怕不可能比現在還溼了。我要留在這裡。兩雙眼睛和兩雙手對我們都會比較省力。」

他的同伴哼了一聲，用溼冷的手抹掉眼皮和嘴脣上的雨水，說道：「你真是蠢蛋，小夥子。不過我接受。」他把韁繩換到左手，伸出右手來。「我是伯穆斯。伯穆斯勳爵。」

「崔斯坦。崔斯坦．宋恩，」他說道。不知為何，他覺得這男人有權知道他的真名。

他們握了手。雨下得越來越大。馬匹用最慢的速度走在變成河流的小徑上，滂沱雨勢就像最濃的霧，完全遮蔽了視線。

「有一個人，」伯穆斯勳爵說道。風把他的字句從唇邊搶走，他現在得在雨中大喊才能讓崔斯坦聽見。「他的個子很高，長得有點像我，但是比較瘦，比較像烏鴉。他的眼神看來無辜呆滯，其實暗藏死亡。他的名字叫做幼穆斯，是我們父親的第七個兒子。你要是看到他，就跑去躲起來。他是衝著我來的。但要是你擋了他的路，他會毫不猶豫殺了你，或是把你變成殺我的工具。」

一陣狂風把大量雨水從崔斯坦的脖子灌了進去。

「聽起來，他是最危險的人物。」崔斯坦說。

「他會是你前所未見的危險人物。」

崔斯坦沉默地在大雨和一片黑暗中凝視前方。路徑越來越難看清了。伯穆斯又開了口，說道：「要是你問我，我會說這場暴風雨不太自然。」

「不自然？」

「或者說大於自然、超自然，你也可以這麼說。我希望路上能找到一家旅館。馬匹需要休息，我也想要一張乾爽的床和一爐溫暖的火。還要飽餐一頓。」

崔斯坦大聲同意。他們坐在一起，身上越來越溼。崔斯坦想到星星和獨角獸。她現在很可能又溼又冷。他擔心星星的斷腿，想著她騎乘了那麼久，一定很不舒服。都是他的錯。他心裡好難受。

他們停下來餵馬匹吃潮溼的燕麥，他對伯穆斯勳爵說道：「我是有史以來最不幸的人。」

「你還年輕，又在戀愛，」伯穆斯說道，「每個跟你處境相同的年輕人都是有史以來最不幸的。」

崔斯坦想不透伯穆斯勳爵是怎麼猜到維多利亞．佛瑞斯特這號人物的。他想像自己回到石牆鎮，在燒旺的客廳火爐前對她詳述冒險的經歷；但不知為什麼，他的故事聽起來都有點平淡無味。

那天的天色一直陰陰沉沉，此刻天空幾乎一片漆黑。他們面前仍是上坡路。雨勢稍微變小，就又加倍下得比之前還大。

「那邊是不是有一盞燈？」崔斯坦問道。

「我什麼也沒看到。也許那是海市蜃樓還是什麼的？」伯穆斯說道。然後他們轉過一個彎，他立刻說：「我錯了。是有一盞燈。好眼力，小夥子。不過這一帶山上有很多壞東西。我們只能希望他們是友善的人。」

馬兒提起勁向前飛馳，現在他們看得到目的地了。一道閃電映照出他們兩旁陡峭的山壁。

「我們真走運！」伯穆斯說話的聲音像雷鳴般隆隆作響，「是一間旅館！」

7

「輕便馬車招牌」

星星來到埡口，全身溼透，發著抖，可憐兮兮。她很擔心獨角獸。前一天的旅途中，由於森林裡不再是草地或蕨類，而是灰色的岩石、發育不良的棘刺灌木，因此找不到給獨角獸的食物。獨角獸的腳蹄沒有釘蹄鐵，不適合走石頭路；牠的背也不是用來載人的，因此腳步便越來越慢。

行進間，星星咒罵自己掉到這個潮溼又不友善的世界的那一日。從高空往下看的時候，這世界顯得那麼溫和宜人，但一切都不再了。現在，除了獨角獸，她恨這世界上的一切；但騎乘時是如此痠痛不適，她離開獨角獸大概也會快樂一點。

一整天的暴雨後，小旅館的燈光是她到地上以來看到最令人愉快的光景。注意看路，注意看路，雨點啪嗒啪嗒落在石頭上。獨角獸在距離小旅館五十碼遠的地方停下來，不肯再往前一步。旅館的門開著，溫暖的金黃燈光照亮了灰暗世界。

「嗨，親愛的。」從敞開的門口傳來歡迎聲。

星星撫摸獨角獸溼答答的頸子，對牠輕聲說話。但牠動也不動，像灰白的幽靈般僵立在旅館的燈光裡。

「妳要進來嗎，親愛的？還是妳要站在雨裡？」婦人友善的聲音雖然實際，卻帶著關懷，溫暖了星星，撫慰了她。「如果妳要吃的，我們可以給妳弄些吃的。壁爐裡的火正旺，還有夠妳倒滿一浴缸的熱水，可以把妳骨頭裡的寒冷都化掉喔。」

「我……我可能需要幫忙才進得來……」星星說，「我的腿……」

「哎唷，可憐的小東西。」那婦人說，「我去叫我老公比利把妳背進來。馬廄裡有乾草和新鮮的水，可以給妳那頭牲畜享用。」

婦人靠近時，獨角獸驚惶地戒備。「哎呀，哎呀，親愛的。我不會太靠近。不管怎麼說，我能夠觸摸獨角獸的年紀已經是好多年前了。上次在這一帶看到這樣的獨角獸，也已經過了好多年了……」

獨角獸緊張地跟著婦人進入馬廄，跟她保持距離。牠走到馬廄最裡面的馬房，躺在乾稻草上；星星摸索著爬下牠的背，溼淋淋的，十分可憐。

比利是個粗暴無禮的傢伙，留著白鬍子。他的話不多，只是默默把星星背進旅館，讓她坐在三腳凳上，對著嗶剝燃燒的柴火。

「可憐的小親親。」旅館主人的妻子已經跟著進來，說道：「看看妳，溼得就像個小水妖！看看妳腳下那灘泥水，還有，妳漂亮的衣服現在都成了什麼樣啦！妳一定溼到骨子裡了。」她把丈夫打發走，協助星星脫掉滴水的溼衣裳，掛在火爐邊的架上。水滴落在壁爐邊滾燙的磚頭上，發出嘶嘶的蒸發聲。

火爐前有個錫製澡盆，旅館主人的妻子在四周圍了一圈紙屏風。「妳喜歡怎樣的洗澡水？」她熱切問道，「溫一點？熱一點？還是要燙得妳全身通紅？」

「我不知道。」星星說。她除了腰上那條墜著黃玉的銀鏈外全身赤裸；紛至沓來的一連串奇怪事件讓她頭暈目眩。「我從來沒洗過澡。」

「從來沒洗過？」旅館主人的妻子看起來很驚訝。「哎呀，妳這可憐的孩子！噢，那我們別把水弄得太熱。如果妳想多要些熱水，就叫我一聲，廚房灶上還有呢。妳洗好澡以後，我會給妳帶些加香料的熱酒，還有美味的烤蕪菁。」

星星還來不及說明她不吃也不喝，婦人就急急忙忙走了，留下星星坐在錫澡盆裡。她的斷腿捆在夾板間，伸出水面靠在三腳凳上。起初，水實在太燙，但她漸漸習慣水的熱度，也放鬆下來。而且，自從由天空摔落後，這是她第一次感到滿心快樂。

「乖孩子呀，」旅館主人的妻子走回來說道，「妳現在覺得怎麼樣？」

「好很多很多了，謝謝妳。」星星說。

「妳的心呢？妳的心臟感覺如何？」婦人問。

「我的心？」這個問題很奇怪，但婦人似乎真心誠意地表示關心。「覺得比較快樂、比較放鬆。沒那麼痛苦了。」

「好，那好。咱們讓它在妳體內燒得又烈又旺，如何？在妳身體裡快活燃燒。」

「在妳的照顧下，我的心一定會燃燒，綻放出快樂的光芒。」星星說。

旅館主人的妻子彎下腰，輕撫星星的下巴。「多麼可愛的小乖乖呀，說得這樣好。」她溺愛地微笑，一手掠過自己有些花白的頭髮，將一件毛巾料的厚袍子掛在屏風邊上。「這個給妳洗完澡穿——喔，不用，別急，小親親！這件袍子一定會很適合妳，也很溫暖。再說，妳的漂亮衣服還要一陣子才會乾。妳想從浴盆裡出來的時候，喊我們一聲，我會過來幫妳。」接著她靠過來，冰冷的手指輕觸星星雙乳之間，微微一笑，說道：「真是一顆強壯的好心臟。」

這個愚昧落後的世界上還是有好人，星星這麼想。她覺得很溫暖也很滿足。外頭的雨啪嗒啪嗒地下，風呼呼吹過山間埡口，但在這輕便馬車招牌的旅館裡，一切都那麼溫暖舒適。

旅館主人的妻子總算在那一臉呆相的女兒協助下，扶著星星出了浴盆。星星腰上銀鏈繫著的黃玉在火光中閃閃發亮，直到玉石和星星的身體都藏在毛巾料的厚袍下為止。

「吶，我的小親親，」旅館主人的妻子說，「到這裡來，讓自己舒服點兒。」她把星星扶到木頭長桌旁，桌子一頭擺著一把切肉刀、一把匕首，都是骨製刀柄和黑玻璃做的刀刃。星星歪著身子一瘸一拐走到桌邊，在長凳上坐下。

屋外吹過一陣狂風，爐中竄出綠色、藍色和白色的火苗。接著，旅館外響起隆隆的低沉嗓音，蓋過暴風雨的怒號。「接待客人！食物！酒！爐火！馬夫在哪裡？」

旅館主人比利和女兒動也不動，只是看著穿紅衣的婦人，彷彿在等她下令。她撇撇嘴，說道：

「可以等的，等一下下。畢竟妳哪兒也去不了吧，我的小親親？」最後一句話是對星星說的。「至少不能靠妳那條腿；雨勢減弱之前也走不了，對吧？」

「妳的熱情款待，我難以用言語表達感激之意。」星星毫不矯飾、感性地說。

「妳當然感激啦。」紅衣婦人邊說邊煩躁而急切地撫摸那兩把黑色的刀子，好像等不及要做什事似的。「等這些麻煩的傢伙走了，咱們就有很充裕的時間了。是不是？」

自從崔斯坦踏上精靈仙境的旅途，小旅館的燈光是他看過最好、最讓人快樂的東西。伯穆斯咆哮著叫他幫忙，他解下累壞的馬匹，讓牠們依序走進旅館旁邊的馬廄。最遠的馬房裡睡著一匹白馬，但崔斯坦忙得沒時間停下來看看。

他知道星星近在咫尺（他心中某個奇異的角落知道他從未見過的東西，知道從未去過之處的方向和距離），因而感到安慰，卻也緊張。他知道那幾匹馬都比他更疲累更飢餓。他的晚餐可以等一等。這麼一來，他想他和星星之間的衝突也可以等一等。「我要照料馬匹，」他對伯穆斯說，「否則牠們會感冒。」

高大的男人伸出大手，放在崔斯坦的肩膀上。「好傢伙。我會派跑堂的送點熱麥酒給你。」

崔斯坦忙著刷馬、清理馬蹄，同時想起了星星。他要說什麼呢？星星會說什麼？他正刷著最後一匹馬，表情呆滯的女侍帶了一大杯熱氣騰騰的葡萄酒來。

「把酒放在那裡，」他跟女侍說，「我手一空下來就喝。」女侍把酒放在馬具箱上走了出去，一句話也沒說。

這時，最後一個馬房裡的馬站了起來，開始踢門。

「乖，乖，」崔斯坦叫道，「喂，冷靜一點，我去看看能不能找到熱燕麥跟麥麩給你們吃。」

公馬前蹄內側有顆大石頭，崔斯坦小心翼翼挑了出來。夫人，他打算這麼說，請接受我最誠摯謙卑的歉意。先生，星星可能會這麼回答，我全心全意接受。現在，我們一起到你的村莊去，把我送給你的真愛，做為你對她的愛的信物。

他的沉思被一陣轟然巨響打斷了，一匹高大的白馬（但他立刻意識到那不是馬）踢倒了馬房的門，頭上的角垂得低低的，不顧一切猛衝向他。

崔斯坦撲向馬廄地板上的稻草堆，用手抱著頭。

好一陣子過去，他抬起頭。獨角獸停在大酒杯前，低頭把角插進熱葡萄酒裡。

崔斯坦笨手笨腳站了起來。那杯酒冒著熱氣和泡泡，他這時才想起——記憶從遺忘已久的童話故事裡浮現出來——據說獨角獸的角可以檢驗……

「毒藥？」他低聲說。獨角獸抬起頭，凝視崔斯坦的眼睛，他便明白這是事實。他的心臟在胸腔內猛力撞擊。小旅館周圍，狂風像瘋狂的女巫般尖聲呼嘯。

崔斯坦跑向馬廄門口，隨即停下來思考。他在短外衣的口袋裡摸索，找到那根蠟燭僅剩的一小塊蠟，上面還黏著一片乾枯的紫銅色樹葉。他把葉子從蠟塊上小心撕下，拿到耳朵旁，聆聽葉子說的話。

「大人，要葡萄酒嗎？」伯穆斯走進小旅館，穿紅衣的中年婦人問道。

「不用了，」他說，「我有個迷信，只要我還沒看見弟弟冰冷的屍體躺在面前，我只喝自己的酒、只吃自己弄到的食物，全部自己包辦。如果妳不反對，我在這裡也會照例。當然啦，我會像喝妳的酒一樣付錢給妳。妳不介意我把自己的酒瓶放在火爐邊退冰吧？欸，我有個旅伴，是個年輕人，他正在照顧馬匹。他沒發過這種誓，而且我很確定，要是妳給他送去一杯熱麥酒，一定能幫他驅驅骨頭裡的寒氣。」

女侍屈膝向他行了個禮，便急急忙忙跑進廚房。

「那麼，親愛的老闆，」伯穆斯對白鬍子的旅館主人說道，「在這麼偏僻遙遠的地方，你的床鋪如何？你有沒有稻草墊子？房裡有沒有火爐？我注意到你的壁爐前面有個澡盆，這讓我越來越開心啦。如果有乾淨熱水的話，我等會兒想洗個澡。不過我頂多只會付一個小銀幣來洗澡，記住了。」

伯穆斯脫下滴水的黑袍，掛在火爐邊；旁邊就是星星那件還溼溼的藍衣裳。他轉身看到坐在長桌旁的年輕小姐。「另一位客人？」他說，「在這討厭的壞天氣裡……幸會了，小姐。」就在此時，隔壁的馬廄傳來轟然巨響。「一定是什麼攪擾了馬匹。」伯穆斯關心地說。

「也許是雷聲吧。」旅館主人的妻子說。

「欸，可能吧。」伯穆斯說，全神貫注在另外一件事情上。他走向星星，深深望進星星的眼睛，停留了好幾秒。「妳？」他遲疑著。然後很有把握地說：「妳有我父親的石頭。妳有暴風堡的力量之源。」

女孩抬起眼，用藍似天空的眼睛怒視他。「既然如此，」她說，「來跟我要啊。這樣我才能把這件蠢事做個了斷。」

旅館主人的妻子急忙跑過來，站在桌子前面。「我現在不能讓你打擾其他客人，親愛的。」她嚴厲地對伯穆斯說。

伯穆斯的眼光落到擺在木頭桌面的刀子。他認得那兩把刀。暴風堡的地窖裡有很多破舊的卷軸，這兩把刀就畫在卷軸上，名稱也記在上面。它們是古老的東西，打從第一紀就存在這世上了。

小旅館的前門砰一聲打開。

「伯穆斯！」崔斯坦大叫著跑了進來。「他們想毒死我！」

伯穆斯勳爵伸手要去拿自己的短劍，但他才摸到劍，魔法女王已經拿起最長的那把刀，抽出刀刃，以優雅洗練的動作劃過他的喉嚨。

對崔斯坦來說，一切都發生得太快。他進來，看到星星和伯穆斯勳爵，還有旅館主人和他奇怪的家人，然後鮮血在火光中噴了出來，像一道深紅色噴泉。

「抓住他！」穿紅長袍的女人大叫，「抓住那個小傢伙！」

比利和女侍跑向崔斯坦。就在這時，獨角獸也衝進了旅館。

崔斯坦撲向一旁。獨角獸用後腿直立起來，尖銳的蹄和角揚起一陣風，把小女侍給踢飛。

比利低下頭，猛地衝向獨角獸，彷彿要用前額頂撞似的。獨角獸也把頭低了下來，旅館主人比利便不幸地終結了性命。

「笨死了！」旅館主人的妻子狂暴尖叫。她開始攻擊獨角獸，兩手各握著一把刀，鮮血染紅她的右手和前臂，跟身上的長袍一樣紅。

崔斯坦雙手雙膝撲倒在地，朝著壁爐爬過去。他的左手握著那小蠟塊，把他帶到這裡來的蠟燭只剩下這麼一點點。他用手擠壓蠟塊，直到蠟塊變得柔軟，能夠改變形狀為止。

「這法子最好有效。」崔斯坦對自己說。他希望那棵樹知道自己在說什麼。

在他身後，獨角獸痛苦尖叫。

崔斯坦從短上衣扯下一條帶子，用蠟塊裹住。

「發生什麼事了？」星星問，她也四肢伏地朝崔斯坦爬了過來。

「我實在搞不清楚。」他承認道。

這時，女巫發出一陣哀嚎，原來是獨角獸用角猛力刺穿她的肩膀。獨角獸把她挑離地面，得意洋洋地打算把她摔到地上，讓她慘死在鋒利的蹄子下。儘管女巫被刺住了，但她忽地轉了一圈，用那把較長的火山玻璃尖刀戳進獨角獸的眼睛，深深刺透顱骨。

這頭野獸倒斃在小旅館的木頭地板上，鮮血從體側、眼睛和張開的口中流淌而出。牠先是膝蓋著地，接著便完全倒了下來，生命也就此消逝。牠的舌頭顏色斑駁，淒涼地從失去生命的嘴裡伸了出來。

魔法女王把獨角獸的角從身上拔出來，一手緊握著受傷的肩膀，另一手抓著大切肉刀，搖搖晃晃站了起來。

她掃視整個房間，忽然發現崔斯坦和星星擠在火爐邊。慢慢地，她痛苦、緩慢地蹣跚走向他們，手中握著切肉刀，臉上掛著笑容。

「星星安寧時的火熱金色心臟，比起嚇壞的小星星明滅不定的心臟，要好得太多了。」她對兩人說。她的聲音出奇地冷靜，從被血濺汙的臉上傳出來。「但即使是害怕受驚的星星心臟，也遠比什麼都沒有的好。」

崔斯坦把星星的手握在右手中。「站起來。」他對星星說。

「我站不起來。」星星回答得很乾脆。

「站起來，不然我們就死定了。」崔斯坦一面跟她說，自己也爬了起來。星星點了點頭，笨拙地靠在他身上，試著站起來。

「站起來，否則就死定了？」女巫複述道，「喔，你們都會死的，孩子們，不管是站著還是坐著，對我來說都一樣。」她又朝兩人邁進一步。

「現在。」崔斯坦說，一手緊抓著星星的手臂，另一手握著他臨時湊合的蠟燭。「現在，快走！」

他把左手猛地伸進火爐。

疼痛和燒灼感讓他發出尖叫，而魔法女王瞪著他，彷彿他是瘋狂的化身。

他臨時湊成的蠟燭芯點著了，燃起穩定的藍色火苗，整個世界開始在他們周圍微微發亮。「請妳踏出步伐吧，」他乞求星星，「不要拋下我。」

星星笨拙地邁出一步。

他們把小旅館拋在身後，魔法女王的怒吼在他們耳中縈繞。

他們來到地底，燭光在潮溼的地窟牆壁上閃動；他們又蹣跚跨出一步，來到月光下覆滿白沙的沙漠；踏出第三步，他們高高在世界之上，往下望著遠遠在腳下的山崗、樹木、河流。

就在這時，最後一點蠟逐漸從崔斯坦手中消融，他幾乎無法繼續承受燒灼的痛苦，而最後一道火苗也永遠燒盡了。

8

探討空中城堡及其他事件

山間漸露曙光。這幾天的暴風雨已經過去，空氣乾淨而寒冷。

個子高大、像隻烏鴉的暴風堡幼穆斯勳爵走上登山埡口，邊走邊四下張望，好像在找什麼遺失的東西。他牽著一匹矮小粗毛的棕色矮種山馬，在山道變寬的地方停了下來，似乎在小徑旁找到了他尋覓的東西。那是一輛破舊的輕便小馬車，只比山羊拉的兩輪貨車好一點，車身側翻倒在一旁。附近躺著兩具屍體，首先是一頭白色的公山羊，牠的頭被血染紅了。幼穆斯用腳試戳死山羊，移動牠的頭；公羊的前額上有個深深的致命傷口，位於兩隻角正中間。山羊旁邊是一具年輕人的屍體，他死後的臉看來呆滯，生前一定也很遲鈍。除了太陽穴有個深色瘀傷外，身上沒有致命的傷口。

離這兩具屍體幾碼的地方，有另一具屍體半隱藏在大石頭後。幼穆斯走近那具中年男屍，他的臉朝下，穿著深色衣服。這男人膚色蒼白，血在身體下的岩石地匯聚成池。幼穆斯在屍體旁邊蹲下來，小心翼翼抓住他的頭髮，把頭抬起來。他的喉嚨被巧妙地割斷了，細長的切口從一隻耳朵劃到另一隻耳朵。幼穆斯困惑地瞪著屍體，他認得他，可是……

他發出一陣乾咳，緊接著笑了起來。「你的鬍子，」他大聲對屍體說道，「你把鬍子刮掉了。以為沒了鬍子我就認不得你了嗎？伯穆斯？」

伯穆斯灰色的模糊身影站在其他幾個兄弟旁邊，說道：「你應該會認出我，幼穆斯。但這可能會讓我賺到一點時間，在你認出我之前讓我先看到你。」然而死者的聲音只是清晨的微風，呼呼吹過棘刺灌木叢。

幼穆斯站了起來。太陽升起來了，爬升到腹山最東邊的山頂上，使他融進了那一片光輝裡。「那我就是第八十二代暴風堡勳爵了。」他對地上的屍體說著，然後自言自語，「更別提還有高崖領主、尖塔城城主、要塞監護人、胡昂山大君跟其他所有的頭銜呢。」

「我的兄弟呀，頸子上沒有掛暴風堡的力量之源，你就什麼都不是。」伍特斯尖酸地說。

「還有復仇哩。」仲敦斯的聲音像是怒號著穿過埡口的風，「你必須擱下其他事情，先替你慘死的兄弟報仇。這是血的律法。」

幼穆斯彷彿聽見他們的聲音，搖了搖頭。「你為什麼不能多等個幾天，伯穆斯哥哥？」他問腳下的屍體。「我會自己殺了你。我替你設計了精巧的死亡計畫。當我發現你已經不在『夢想之心』時，還真花了我一點時間才偷走那艘船的小艇，繼續趕上你的腳步。現在我偏偏得為你這可悲的屍體復仇，完全是為了我們的血統和暴風堡的榮譽。」

「所以說，幼穆斯會成為第八十二代暴風堡勳爵了。」叔提斯說。

「有個眾所周知的諺語，主要是告誡人不要太仔細計算尚未孵化的小雞。」伍特斯指出。

幼穆斯離開屍體，在一塊灰色巨石前撒尿，然後又走向伯穆斯的屍體。「如果是我殺了你，我就能把你留在這裡腐爛。」他說，「可是因為這個樂趣被別人給搶走，我得帶著你走一小段路，把你留在高高的巉崖上，讓禿鷹吃掉你。」他一面說，一面費力哼氣，總算把黏在地上的屍體提了起來，拽到矮種馬的背上。他摸索著屍身上的腰帶，解下了裝有神祕符文石片的袋子。「謝謝你給我這些石片，哥哥。」他輕輕地拍著屍體的背部說道。

「如果你不替我向切開我咽喉的壞女人復仇，那我希望你被這些石片噎死。」伯穆斯用山鳥迎接新的一天的啁啾聲說道。

他們並肩坐在厚厚的白色積雲上，雲的面積跟一座小鎮差不多。身下的雲柔軟微涼，越往下坐就越冷。崔斯坦把燒傷的手盡可能往下伸，深入到雲層裡；雲層稍微有點阻力，但還是讓他把手伸進去。雲層內部摸起來冷冷的，像海綿，真實而空幻。雲稍稍冷卻了他手上的痛楚，讓他能想得更清楚。

「啊……」過了一陣子，他說，「恐怕我已經搞砸了每一件事。」
星星坐在他身邊的雲上，穿著向旅館女人借來的袍子，斷腿直直伸進面前的霧靄裡。「你救了我的命，」她總算開口說道，「對不對？」
「我想，我是救了妳沒錯。」
「我恨你，」她說，「我已經為了每一件事恨你，但現在我特別恨你。」
崔斯坦在舒適冰冷的雲中彎了彎燒傷的手。他覺得很累，也有點昏眩。「有什麼特別的原因嗎？」
「因為，」星星對他說道，聲音很不自然，「你救了我的命，根據我們的律法，你對我有責任，而我對你也有責任。你要去哪裡，我一定也得去。」
「喔，」他說，「沒那麼糟糕嘛，不是嗎？」
「我寧可跟邪惡的狼，要不就跟臭豬或沼澤精怪拴在一起。」星星斷然對他說道。
「我其實沒那麼壞，」他告訴星星，「等妳認識我就知道了。嗯……用鎖鏈鎖住妳的事，我很抱歉。也許我們可以全部重來，假裝那些事沒發生過。吶，我的名字是崔斯坦．宋恩，很高興認識妳。」他把沒燒傷的手伸給星星。
「月亮母親守護我！」星星說道，「跟你握手？你這個……」
「我很確定妳會的。」崔斯坦說，這次沒等到她說出什麼難聽的東西來比較。「我說了，我很抱歉，」他對星星說，「我們重新來過吧。我是崔斯坦．宋恩，很高興認識妳。」
星星嘆了一口氣。
離地面這麼高，空氣稀薄冰冷，但陽光很溫暖。他們身邊的雲朵形狀讓崔斯坦想起海市蜃樓或神怪小鎮。在他們下面很遠很遠的地方，可以看到真正的世界：陽光鑲在每一棵小樹上，把每一條迂迴的河流都變成像蝸牛爬過的細細銀色蜒跡，閃閃發光地蜿蜒橫過精靈仙境。

「怎樣？」崔斯坦說。

「唉，」星星說道，「這玩笑真是開大了，不是嗎？無論你要去哪裡，我都得去。即使會讓我喪命也不得不去。」她用手在雲層表面畫圈圈，霧靄輕波般蕩漾。然後，她伸手飛快碰了崔斯坦的手。「我的姊妹都叫我伊凡妮，」她對崔斯坦說，「因為我以前是傍晚的星星⑯。」

「妳看我們，」崔斯坦說，「真是天生一對。妳的腿斷了，我的手受傷了。」

「給我看你的手。」

他把手從冰涼的雲層裡抽出來。手紅通通的，手心手背上被火舌舐過的每一寸肌膚都長滿水泡。

「痛嗎？」伊凡妮問道。

「痛，」他說，「滿痛的，真的。」

「很好。」伊凡妮說。

「如果我的手沒燒傷，妳現在可能已經死了。」他指出。伊凡妮尷尬地低下頭，顯得很慚愧。「妳知道的，」他換了個話題，補充道，「我把我的袋子留在那個瘋女人的旅館裡了。除了我們身上穿的衣服，什麼也沒有了。」

「全身上下。」星星糾正他。

「我們沒有食物、沒有水，離地面大約半里，但又下不去，也不能控制雲前進的方向。而且我倆都受傷了。我還漏了什麼沒說嗎？」

「你忘了雲會一點一點消散，最後會全不見。」伊凡妮說，「雲就是這樣。我看得多了。我可經不起再摔一次。」

---

⑯ 伊凡尼音似 evening star。

崔斯坦聳了聳肩。「噢，」他說，「那我們大概注定要死掉。不過趁著我們還高高地在這上面，可以好好四處看一看。」

他協助伊凡妮站起來，兩人笨拙地在雲端蹣跚了幾步。伊凡妮又坐了下來。「這樣不行，」她對崔斯坦說道，「你去逛逛吧。我在這裡等你。」

「妳保證？」他問道，「這次不會逃跑了？」

「我發誓。以我母親月亮之名起誓，」伊凡妮哀傷地說，「你救了我的命。」

聽她這麼說，崔斯坦總算放心了。

現在她的頭髮幾乎全灰了，臉頰鬆垂，喉嚨、眼睛、嘴角都有了皺紋。儘管她的裙子是鮮豔而引人注目的猩紅色，她自己卻面無血色。她的衣裳在肩膀處撕裂，下頭露出一道很深的傷痕，皺巴巴的十分恐怖。她駕著黑色馬車穿過荒原，風吹起她的頭髮打到臉頰。四匹公馬不時絆倒，大量汗水從體側滴落，帶血的泡沫從嘴脣滴下。然而牠們的蹄子還是持續敲打，穿越泥濘的路面，不毛的荒原上什麼也沒生長。

這個魔法女王就是最老的莉莉姆，在銅綠色岩石尖塔旁勒馬停下，尖塔像針似地在荒原溼軟的泥土上突起。然後，像任何經歷過第一個（甚至第二個）青春期的婦人一樣，她慢吞吞爬下駕駛座，走到溼地上。

她繞過車廂，打開車門。她的匕首還跟先前下手時一樣插在死去的獨角獸冰冷的眼窩裡。女巫費勁地爬進車廂，拉開獨角獸的嘴。牠的屍體已經開始僵硬，要把下顎拉開非常困難。女巫用力咬舌，直到出血，疼痛像銳利的金屬劃過口中。她把血在嘴裡漱了漱，讓血跟唾液充分混合（她感覺得到有好幾顆前牙開始鬆動了），吐在死獨角獸斑駁的舌頭上。血漬染上了她的嘴脣和下巴。她咕噥了幾個不該記錄在此的字眼，再次把獨角獸的嘴巴推合起來。「滾出馬車吧。」她對死去的野獸說道。

獨角獸僵直笨拙地抬起頭來。然後動了動四肢，像新生的小馬或幼鹿剛學走路一樣，一邊抽搐一邊用力靠四隻腿站起來。牠半爬半摔跌出馬車門，落在泥地上，站了起來。牠剛才因為側躺在馬車裡，左半身因血液和體液而腫脹變色。死去的獨角獸只剩一隻眼睛，蹣跚地朝綠色岩石尖塔走去，抵達石塔基座的一個低窪，前腿跪了下來，拙劣地模仿祈禱者的動作。

魔法女王靠過來，從野獸的眼窩裡拔出自己的刀子。她沿著野獸的喉嚨割開，血液非常緩慢地從切口中滲出。她回到馬車上，取回大切肉刀，開始劈砍獨角獸的脖子，直到頭頸跟身體分開為止。切下來的頭部掉進岩石的凹陷處，深紅色的鹹腥血液積成了小池塘。

她抓著獨角獸的角，把頭放在身體旁邊的岩石上；隨即用嚴厲的灰眼睛朝著剛做好的紅色池塘裡看。兩張臉孔從池塘裡向外張望。那兩個女人的年紀遠比她現在要老得多。

「她在哪裡？」第一張臉孔不耐煩地問道，「妳是怎麼處置她的？」

「看看妳！」第二個莉莉姆說，「妳拿了我們存下的最後一點青春，那是很久、很久以前，我親自從星星的胸膛裡扯下來的。儘管她尖叫著扭動身體，我還是堅持進行下去。從妳的容貌看來，妳已經把大部分的青春都浪費掉了。」

「我已經很接近她了，」女巫對池塘裡的妹妹們說，「但是有一隻獨角獸保護她。現在我拿到獨角獸的頭了，我會隨身帶回來，因為我們已經很久沒有新鮮的獨角獸角可以磨成粉來施術了。」

「叫獨角獸角下地獄，」她最小的妹妹說道，「那星星怎麼樣了？」

「我找不到她。簡直就像她已經不在精靈仙境了。」

一陣沉默。

「不，」有個妹妹開了口，「她還在精靈仙境。但她要去石牆鎮的市集，那裡太靠近石牆另一邊的世界了。她一旦進入那個世界，我們就要失去她了。」

她們都知道，只要星星穿過石牆、進入萬事如實的世界，轉眼間就會變成從天空中掉下來的含金屬岩石，表面坑坑窪窪，冰冷又沒有生命，對她們不再有用。

「那麼我應該去迪格瑞壕溝等著。凡是要去石牆鎮的人，都一定會經過那條路。」

兩個老太婆的倒影不以為然地從池塘裡往外瞧。魔法女王用舌頭把牙齒舔了一圈（上面那顆牙到黃昏就會掉落，她想著，搖得那麼厲害），朝血池裡一啐。漣漪擴散開來，抹去了所有莉莉姆的痕跡；現在池塘只映照出荒原的天空，還有高掛在上頭的黯淡白雲。

她將獨角獸的無頭屍一踢，屍身朝側邊倒下。她拎起獨角獸的頭，帶上駕駛座。她把頭放在身邊，抓起韁繩抽打焦躁的馬匹，馬匹疲倦地小跑起來。

崔斯坦坐在雲的頂端，想著他貪婪讀過的那些一便士小說，為何裡面沒有一個英雄會肚子餓呢？他的胃餓得隆隆響，而且手痛得要命。

在他們的世界裡，冒險都很美好，他想著，但還有很多日常飲食和怎麼免於受苦的事沒說哩。

儘管如此，他還活著，風穿梭在他的髮間，雲朵像全速前進的西班牙大帆船飛快掠過天空。從高處往下探看這個世界，他從來不曾像此刻一樣感到如此生氣勃勃。在這片天空和這個世界裡，有他從沒看過、感受過或了解過的「蒼穹」和「當下」。

就某些方面而言，他知道自己離難題很遠，就像他高高遠離世界一樣。手上的疼痛也離他非常遙遠。他想著自己的行動和冒險，還有眼前的旅程，對他來說這整件事突然變得無關緊要又輕而易舉。他站在雲頂，盡可能高聲喊了好幾次「哈囉！」他甚至把短上衣拿在手上揮舞，邊揮邊覺得自己有點蠢。然後他爬下雲頂；來到離雲層底部十尺處，他一腳踩空，落入霧靄般柔軟的白雲中。

「你剛剛在大叫什麼啊？」伊凡妮問。
「我想讓別人知道我們在這裡。」崔斯坦對她說。
「什麼人？」
「這我就不知道了，」他說，「呼叫那些不存在的人，總好過因為沒出聲而讓那裡的人無法發現我們。」
伊凡妮一聲不吭。
「我一直在想。」崔斯坦說，「我想的是，等我們把我要做的事做完——也就是把妳帶回石牆鎮送給維多利亞．佛瑞斯特，也許我們可以去做妳要做的事。」
「我要做什麼？」
「妳想要回去不是嗎？回到天空上，在夜空中再次閃耀。我們可以把這事解決了。」
她仰起臉看崔斯坦，搖了搖頭。「沒這種事，」她解釋道，「星星殞落後，不會再回到天空的。」
「妳可以開先例啊，」他說，「妳一定要相信。否則絕對不會發生。」
「是真的不會發生。」她告訴崔斯坦，「就像明明空無一人，你卻在這麼高的地方呼救，想引起別人的注意一樣。這跟我相不相信沒有關係，事情就是這樣。你的手還好吧？」
他聳了聳肩膀。「就是痛。妳的腿還好嗎？」
「痛，」她說，「不過沒之前那麼痛了。」
「喂！」他們上頭遠方傳來一個聲音。「喂！下面的！有什麼人需要幫助嗎？」
一艘小船在陽光下閃閃發光，船帆吹得鼓鼓的，一張留著大八字鬍的紅潤臉龐從船邊往下看著他們。「小夥子，剛剛是你在跳來跳去嗎？」
「是我，」崔斯坦說，「我想我們是真的需要幫忙。」

「好啊，」這個人說，「那麼就準備好抓住梯子吧。」

「很遺憾，我朋友的腳斷了，」他叫道，「我的手也受傷了。我想我們都沒辦法爬梯子。」

「這不成問題。我們可以拉你們上來。」男人一面說，一面從船邊扔下長長的繩梯。崔斯坦用沒受傷的手在伊凡妮往上爬時穩穩抓住繩梯，跟在她後頭爬了上去。當崔斯坦和伊凡妮笨拙地掛在繩梯底端，那張臉從船邊消失了。

風吹動飛船，使得拉著崔斯坦和伊凡妮的繩梯慢慢在空中轉圈。

「現在——用力拉！」好幾個聲音齊聲大喊，崔斯坦感到自己被往上拉了好幾尺。「拉！拉！拉！」每喊一次，就代表被他們拉得更高。他們剛才坐的雲朵已經不在腳下了，崔斯坦猜測他們跟那朵雲之間必定有一里以上的落差。他緊緊抓著繩子，用燒傷的那隻手的手肘勾住繩梯。

上面又猛拉了一下，伊凡妮跟飛船柵欄的頂端一樣高了。有個人將她小心抱起，放到甲板上。崔斯坦自己費勁地翻過柵欄，滾落在橡木甲板上。

臉色紅潤的男人伸出一隻手。「歡迎登船，」他說，「這是自由船『珀迪塔』號，獵捕閃電遠征隊的隊友。約哈尼斯．艾柏瑞克船長聽候您的差遣。」他從胸腔深處發出咳嗽聲。崔斯坦還來不及回話，這位船長便注意到崔斯坦的左手，大聲叫道：「瑪歌！瑪歌！妳真該死，跑哪兒去啦？到這裡來！乘客需要照護。嘿，小夥子，瑪歌會照料你的手。我們在六響鐘的時候吃飯。你跟我坐同一桌。」

不一會兒，一個有著滿頭亂髮、髮色像胡蘿蔔一樣紅，看起來很神經質的女人「瑪歌」護送他到甲板下的船身，在他手上塗一層厚厚的綠色藥膏，讓他的手冷卻下來，減輕疼痛。然後他被領進食堂，那是一間緊鄰廚房的小飯廳（他很開心地發現這兒就跟他看過的海上冒險一樣，也稱為「船上廚房」）。

崔斯坦真的跟船長同桌進餐，不過事實上食堂裡也沒別的桌子。除了船長和瑪歌外，還有五個船員。這一群各有特色的人似乎心甘情願地把發言權都交給艾柏瑞克船長，而他也講了，一手拿著麥酒瓶壺，另一手則輪流握住樹椿似的菸斗、把食物送進嘴裡。

食物是用蔬菜、豆類、大麥煮成的濃湯，崔斯坦不但吃得很飽，也很滿足。他們喝的是崔斯坦所嘗過最乾淨冷冽的水。

船長沒問他們為何會高高在雲端，他們也不主動提供答案。崔斯坦得到的鋪位在大副奧迪尼斯旁邊，他是個安靜的紳士，胳膊粗壯，口吃很嚴重。伊凡妮睡在瑪歌的船艙裡，瑪歌則搬到吊床上睡。

崔斯坦在接下來穿越精靈仙境的旅程中，經常回想起在「珀迪塔」上度過的日子，認為那是他人生中最快樂的時光之一。船員讓他幫忙操帆，甚至經常給他掌舵的機會。有時船駛在巨大如山的黑暗暴風雲之上，船員會用小銅箱捕捉閃電。雨和風清洗了船上的甲板，當雨水流下他的臉，或是他用沒有受傷的手抓牢扶手繩，免得在暴風雨中滾到船舷外時，他發覺自己總是輕鬆地笑著。

瑪歌比伊凡妮高一點、瘦一點，她把自己的幾件衣服借給她；星星自在地穿著，很高興每天都能穿新衣服。儘管斷了一條腿，她仍常常爬到船頭的飾像上去，坐著看腳下的地面。

「你的手怎麼樣了？」船長問道。

「好很多了，謝謝您。」崔斯坦說。他的皮膚發亮結疤，手指頭也還沒有什麼感覺。但瑪歌的藥膏已經消除大部分的疼痛，痊癒的過程不知加快了多少。他坐在甲板上往外看，兩條腿懸盪在船邊。

「我們會在一個星期後靠岸停泊，好儲備糧食，載一點貨物。」船長說，「也許我們最好讓你們在那邊下船。」

「哦，謝謝您。」崔斯坦說。

「你們會離石牆鎮近一點，儘管還有十週左右的旅程，說不定更久。但瑪歌說她差不多讓你朋友的腿復原了。很快就又能承載她的重量了。」

他們並肩坐著。船長噗噗噴著菸斗；他的衣服上罩著一層細炭灰。不抽菸斗的時候，他就咬著柄，或是用尖銳的金屬工具挖菸斗，要不就是填進新的菸草。

「你知道，」船長凝望著地平線說道，「我們會發現你們並不完全是偶然——該怎麼說，我們發現你們是偶然沒錯，但說老實話，我也在留心你。不只是我，還有這附近的幾個人。」

「為什麼？」崔斯坦說，「你們怎麼會知道我的事？」

船長在凝結了霧氣的光亮木板上，用手指畫了個形狀做為回答。

「看起來像個城堡。」崔斯坦說。

船長對他使了個眼色。「不要說太大聲，」他說，「即使這裡這麼高也一樣。就想成是夥伴關係吧。」

崔斯坦凝視著他。「您認識一個矮小多毛的男人嗎？戴著帽子，背著一大包多得要命的貨物？」

船長在船舷邊輕敲菸斗。他的手動了一下，便抹去剛剛畫的城堡。「欸。在這個夥伴關係裡，他也不是唯一關心你能否返回石牆鎮的成員。這倒提醒了我，你應該告訴那位年輕小姐，如果她不打算讓人發現她真正的身分，最好試著不時給人她有在吃東西的印象，吃什麼都好。」

「我從來沒在您面前提過石牆鎮，」崔斯坦說，「當您問我們從哪裡來的時候，我說『從後面來的』，而當您問我們要到哪裡去，我說『到前頭去』。」

「好孩子，」船長說道，「一點也沒錯。」

又過了一個星期。在這個星期的第五天，瑪歌宣布伊凡妮的夾板可以拿掉了。她取下勉強湊合著用的繃帶和夾板，伊凡妮蹣跚地在甲板上到處練習走路，抓著船舷上的欄杆，從船頭走到船尾。儘管還有點瘸，但她很快就毫無困難地在船上到處走動。

第六天出現了一場巨大的暴風雨，他們把六條不錯的閃電抓進銅箱裡。第七天他們就靠岸了。崔斯坦和伊凡妮向自由船「珀迪塔」號的船長和船員告別。瑪歌給崔斯坦一小罐綠色藥膏讓他擦手，伊凡妮也可以塗在腿上。船長給崔斯坦一個皮製的單肩背包，裡面放滿了肉乾、水果、切碎的菸草、一把刀和一個火絨盒（「喔，別擔心，小夥子。反正我們要在這裡採購儲備品」）。同時瑪歌給伊凡妮一件藍絲袍當禮物，上面縫了很多銀色的小星星和月亮（「因為妳穿要比我穿好看多了，親愛的」）。

在一棵巨樹頂端，「珀迪塔」號停泊在十二艘類似的飛船旁邊。這棵樹大得足以支撐建在樹幹裡的數百座住宅。這裡住了很多人類、侏儒、土精、森林精靈，還有其他稀奇古怪的人。樹幹周圍有階梯，崔斯坦和星星慢慢走下去。能回到連接在堅實土地的東西上，崔斯坦覺得很輕鬆。然而，他卻說不出自己為何那麼沮喪，彷彿當他的腳再次踏上土地，他也失去了某種非常美好的東西。

他們走了三天，那棵港口樹才消失在地平線的那一端。

他們朝著日落的方向西行，沿著滿布灰塵的大路走。他們睡在灌木邊。崔斯坦吃從灌木叢和樹上摘下的水果跟堅果，飲用乾淨的溪水。他們在路上沒遇到幾個人。只要可以，他們就在小農場稍事停留，崔斯坦會打一下午的零工，換取食物和在穀倉裡的稻草堆過夜的許可。有時他們會停留在半路的小鎮或村莊盥洗吃飯（以星星的情況而言，也可以說是假裝吃東西）；若是他們負擔得起，就在鎮上的小旅店住宿。

在名叫「辛庫克山下」的鎮上，崔斯坦和伊凡妮遇到一夥欺負人的小妖精，原本可能有不愉快的結局，讓崔斯坦的後半輩子都在地底下過，和小妖精有打不完的仗，卻靠著伊凡妮敏捷的頭腦和伶俐的口齒化險為夷。在白令海德森林裡，崔斯坦毫無懼色地面對巨大的草原鵰，這隻鵰想把他們兩個帶回巢裡給雛鳥吃，牠除了火以外什麼都不怕。

在福克斯頓的小酒館裡，崔斯坦贏得很高的聲譽，因為他憑記憶吟誦了柯爾律奇的〈忽必烈汗〉、詩篇第二十三章、《威尼斯商人》裡「何謂寬容」的講詞，還有一首詩，內容是關於一個男孩站在燃燒的甲板上，只有他逃了出來；每一篇都是他在學校時非背不可的。他真心感激雀麗太太盡心盡力叫他背誦詩歌，最後福克斯頓的鎮民明顯決定要他永遠留在那裡，擔任下一名小鎮專屬的吟遊詩人。崔斯坦和伊凡妮被迫在死寂的夜裡偷偷逃離鎮上，他們能順利逃脫是因為伊凡妮（用一些崔斯坦永遠也搞不清楚的方式）說服了鎮上的狗，不要在他們離開時吠叫。

陽光把崔斯坦的臉晒成堅果般的棕色，把他的衣服晒褪得像鐵鏽和沙塵的色澤。伊凡妮仍然白皙如月，不管走了多遠，她的腳還是一直跛著。

一天傍晚，他們在一個寬廣無際的樹林邊過夜時，崔斯坦聽到某種從來沒有聽過的優美旋律，既悲哀又奇特，讓他的腦中充滿了畫面，心裡滿是敬畏與歡喜。這音樂讓他想起無邊無際的空間，想起巨大的水晶球體，極緩慢地繞著廣大的空中廳堂旋轉。這旋律使他激動萬分，難以自己。

也許過了好多小時，也許只有幾分鐘，旋律停止了，崔斯坦嘆了一口氣。「真是太好聽了。」他說。星星的嘴唇動了動，不由自主地牽動成一個微笑，雙眼閃閃發亮。「謝謝你，」她說，「我想，我一直到現在才有唱歌的情緒。」

「我從來沒聽過像這樣的旋律。」

「有些晚上，」她對崔斯坦說，「我和姊妹會一起唱歌。唱像剛剛那首一樣的歌，都是關於我們高貴的母親、光陰的自然法則、發光的喜悅和孤單寂寞。」

「我很抱歉。」

「不用抱歉，」她說，「至少我還活著。我很幸運能掉在精靈仙境。而且我想，遇到你大概也算滿幸運的。」

「謝謝妳。」崔斯坦說。

「不客氣。」星星說。她嘆了口氣，然後換她透過樹木的縫隙凝視天空。

崔斯坦在找早餐。他找到一些小小的膨風蘑菇⓱和一棵長滿紫色李子的李子樹。當他注意到樹下的鳥兒，才看到李子都已熟透，而且乾燥得都快成了李子乾。

他不打算抓住這隻鳥（幾個星期前，他才被狠狠嚇了一跳。他要抓一隻棕灰色的野兔當晚餐時險險失手，那隻野兔在森林邊停下腳步，輕蔑地看著他說道：「哼，希望你真心以你自己的行為驕傲。」，便蹦蹦跳跳消失在長草叢中），卻被牠強烈吸引住了。那是一隻漂亮出眾的鳥兒，跟雉雞差不多大，但羽毛五彩繽紛，有耀眼的紅色和黃色，以及鮮豔的藍色。牠看起來像熱帶地區的流亡鳥兒，一點也不適合這片長滿蕨類的綠樹林。他接近時，鳥兒一開始很害怕，他越靠近，鳥兒便笨拙地單腳跳動，心急又苦惱地高聲大叫。

崔斯坦在牠身邊單膝跪下，低聲叫牠放心。他伸手抓住鳥兒。鳥兒的困境很明顯：繫在鳥兒腳上的銀鎖鏈纏住了一條突起樹根扭曲的殘株，鳥兒困在那裡，動彈不得。

崔斯坦小心解開捲繞的銀鏈，從樹根上取下來，同時用左手撫摸鳥兒蓬亂豎起的羽毛。「好啦，」他對鳥兒說道，「回家去吧。」但鳥兒沒有要離開的動作，反而把頭歪向一邊，凝視著他的臉。「嗯？」崔斯坦覺得有點奇怪，也有點忸怩不好意思。他說道：「可能會有人擔心你喔。」他朝下伸出手把鳥兒抱起來。

這時，有東西打了他一下，讓他頭暈眼花。儘管他覺得自己靜止不動，身體卻好像傾斜地向看不見的牆撲了過去。他搖搖晃晃，差一點摔倒了。

⓱原文為Puffball mushroom。即馬勃菌，俗名膨風球，菇球成熟時會爆開，噴濺出沉灰似的孢子。

「小偷！」一個沙啞的老嗓子大喊，「我要把你的骨頭變成冰塊，把你放在火堆前燒烤！我要挖出你的眼睛，一顆綁在鯡魚身上，另一顆綁在海鷗身上，這麼一來，海洋與天空相連的兩種視覺會讓你發瘋！我要把你的舌頭變成扭曲的蟲子，你的手指會變成剃刀，火蟻會啃得你皮膚發癢，然後每一次你抓癢的時候……」

「你沒有必要這樣痛罵，」崔斯坦對老太婆說，「我沒有偷妳的鳥。牠的鏈子被樹根纏住了，我只是幫牠解開而已。」

老太婆頂著一頭拖把似的鐵灰色亂髮，懷疑地瞪著他。接著手忙腳亂地向前抱過鳥兒。她把鳥舉起來，對牠低聲說了些什麼，牠則以音樂般的奇特啁啾聲回應。老太婆的眼睛瞇了起來。「噢，也許你說的不盡然是謊話。」她極其不情願地承認。

「我說的根本不是謊話。」崔斯坦說道，但老太婆跟鳥兒已經橫越沼澤地一半。於是他把小蘑菇和李子收集起來，走回剛剛離開伊凡妮的地方。

她坐在小徑旁揉腿。她的髖關節很痛，當她的雙腳變得越來越敏感時，腿也疼了起來。有時崔斯坦會在夜裡聽見她暗自輕聲啜泣。他希望月亮能送給他們另一隻獨角獸，但他也知道月亮不會這麼做。

「噢，」崔斯坦對伊凡妮說，「真是奇怪了。」他把早上發生的事告訴伊凡妮，以為事情就到此為止。

當然啦，他錯了。幾個小時後，崔斯坦和星星沿著森林小徑走，從一輛顏色鮮豔的彩繪篷車旁邊經過。拉車的是兩匹灰色騾子，駕車的則是那個揚言要把他的骨頭變成冰的老太婆。她勒住騾子，朝崔斯坦彎起一隻削瘦的手指。「小夥子，到這裡來。」她說道。

他謹慎地走過去。「是的，夫人。」

「看起來，我該向你認個錯。」她說，「總歸來說，你似乎是說了實話。」

「是的。」崔斯坦說道。

「讓我看看你。」她說完，爬下來走到路上。她用冰冷的手指觸摸崔斯坦頦下柔軟的部分，讓他不得不把頭抬高。他的茶色眼睛凝視老太婆年老的綠眼睛。「你看起來夠誠實。」她說，「你可以叫我施美樂夫人。我在前往石牆鎮的路上，要去參加市集。我在想，如果有個男孩替我的小花攤工作，應該挺不錯的。你知道的，我賣玻璃花，那絕對是你見過最漂亮的東西啦。你來當市集夥計應該很不錯，我們可以替你那隻手戴上手套，就不會嚇到客人了。你覺得怎麼樣？」

崔斯坦思索了一下，說聲「不好意思」，便回去跟伊凡妮商量。他們一起走回老太婆那裡。

「午安，」星星說，「我們討論了妳的提議，我們認為……」

「怎麼樣？」施美樂夫人問道，眼睛緊盯著崔斯坦。「別只是像蠢貨一樣站在那裡！說話！說話！說話！」

「我沒有意願在市集上替妳工作，」崔斯坦說，「因為我自己也有事要在那裡解決。不過，如果妳可以載我們一程，我跟同伴會很樂意付旅費給妳。」

施美樂夫人搖了搖頭。「那對我一點也沒用。我能收集自己需要的柴火，你只會增加我那兩頭騾子『不貞』和『絕望』的負擔。我不載客的。」她爬回篷車的駕駛座。

「但是，」崔斯坦說，「我會付錢給妳。」

醜老太婆輕蔑地咯咯笑。「沒有任何東西能讓我載你一程。哪，你要是不幫我在石牆鎮的市集上工作，就快點滾吧。」

崔斯坦摸到短外衣的釦洞，感到那東西精緻而冰涼，就像他在整個旅途中的感受一樣。他抽了出來，用食指和拇指捏著，舉到老太婆面前。「妳說妳賣玻璃花，」他說，「那妳對這個有沒有興趣？」

那是一株用綠玻璃和白玻璃做成的雪花蓮，樣式很精巧，彷彿那天清晨剛從草原上摘下，上頭還掛著露珠。老太婆細瞇著眼睛，看了一會兒，檢查它的綠葉和勻稱的白花瓣，發出尖銳的驚呼，聽起來像是鳥兒被捕獲時極度痛苦的鳴叫。「你從哪裡弄來的？」她叫道，「給我！馬上就給我！」

崔斯坦闔攏手指，蓋住雪花蓮不讓老太婆看，又往後退了幾步。「嗯，」他大聲說，「我剛剛想起來，我非常愛惜這株花，這是我父親在我踏上旅途時送的禮物。我想無論在私人或家族的意義上，它都非常重要。無可否認，不管在哪一方面，它都給我帶來好運。也許我最好留著這株花，我跟我的夥伴可以步行去石牆鎮。」

施美樂夫人似乎在掙扎，究竟要威脅恐嚇還是誘哄拐騙，各種各樣情緒赤裸裸地在她臉上交替出現，她似乎險些無法控制臉部肌肉。然後她雙手環抱住自己，用沙啞但自制的語氣說道：「好吧，好吧。不要這麼急躁。我確信我們一定能達成交易。」

「喔，」崔斯坦說，「我倒挺懷疑的。想引起我的興趣，這個交易就要非常完整，需要確切的安全保證，這類保證條款必須確保妳的態度和行為一直對我和我的夥伴寬厚和善。」

「讓我再看雪花蓮一眼。」老太婆懇求。

那隻五彩繽紛的鳥兒（一腳繫著銀鎖鏈）振翅飛到篷車敞開著的門口，朝下注視著下頭的談判過程。

「可憐的東西，」伊凡妮說，「用鏈子拴成那樣。妳為什麼不放牠自由呢？」

但老太婆沒回答她，或者像崔斯坦所想的，故意不理她。老太婆對崔斯坦說：「我會把你載到石牆鎮，我也以我的榮譽和我真正的名字發誓，我在旅途上不會有傷害你的舉動。」

「也不能因怠惰或間接的行為，對我或我的夥伴造成傷害。」

「如你所願。」

崔斯坦想了一會兒。他實在不相信這個老太婆。「我希望妳能發誓，我們會以目前的模樣、狀況、型態抵達石牆鎮，而妳會提供我們一路上的膳宿。」

老太婆嘖嘖出聲，然後點點頭。她再次費勁地爬下篷車，大聲清嗓子，把一口痰吐在地面上。她指著那灘啐出的唾沫。「現在該你了。」她說。崔斯坦在旁邊也啐了一口。她用腳把那兩灘唾沫抹成一片，混合起來。「哪，」她說，「契約就是契約。把花給我吧。」

她臉上的貪婪和渴望如此明顯，崔斯坦此時可以肯定，他原本可以談成更好的交易，但他還是把父親的花交給老太婆。老太婆從他手上拿到花，便咧嘴笑起來，露出缺牙。「哎呀，真想不到這就是二十年前那可惡的孩子給出去的上等貨。哪，年輕人，告訴我。」她用上了年紀的銳利雙眼朝上看著崔斯坦，問道，「你知道你一直戴在釦洞裡的是怎麼樣的東西嗎？」

「是一株花。一株玻璃花。」

老太婆突然放聲大笑，崔斯坦還以為她會笑到沒氣。「這是遭到凍結的魔法，」她說，「是一種力量。像這種東西，會用的人可以表演出不可思議的奇蹟。看好了。」她把雪花蓮高舉過頭，再慢慢放下，拂過崔斯坦的前額。

僅在心跳的瞬間，他覺得極為怪異，彷彿濃黑的糖蜜取代了血液，流經血管；世界的形狀改變了，每一樣東西都變得巨大而高聳。老太婆現在似乎成了女巨人，他的視線模糊又凌亂。

兩隻巨大的手伸下來，輕柔將他抱起。「這對你而言可是一輛巨大的篷車呢！」施美樂夫人說道，聲音低沉而緩慢，像隆隆作響的液體。「我要確實遵守誓言，因為你不會受到傷害，我也會在你前往石牆鎮的路上提供膳宿。」然後她把這隻睡鼠扔進圍裙的口袋裡，艱難地爬回篷車上。

「那妳打算怎麼對付我？」伊凡妮問道，不過老太婆不回答，她倒也不怎麼驚訝。她跟著老太婆進入陰暗的篷車。裡頭只有一個房間；一個皮革和松木製成的巨大陳列櫃靠在一面牆邊，櫃子上有數以百計的小格子，其中一個格子裡鋪滿了柔軟的蒲公英種子冠毛，老太婆把雪花蓮插在裡頭。另一面牆邊靠著一張小床，上方有一扇窗戶和一個大碗櫥。

施美樂夫人俯身從床底下放雜物的地方拉出一個木籠，把瞇著眼的睡鼠從口袋裡掏出來，放到籠子裡。然後她從一個木頭碗中抓了一把堅果、乾果仁和種子放進籠裡，把籠子掛在篷車中央的鏈子上。

「好啦，」她說，「提供膳宿。」

伊凡妮坐在老太婆床上的位子，好奇地看著這一切。「不知道我說得對不對，」她客氣地問道，「從目前的證據歸結起來：妳不看我，或是妳的眼睛忽略了我。妳不對我說一句話，也沒有像把我的夥伴變成小動物那樣對待我。妳是根本看不到我、也聽不見我，是嗎？」

女巫沒回答。她走上駕駛座，坐下來拿起韁繩。異國鳥兒飛到她身旁，奇妙地啁啾叫了一聲。

「我當然是一字不改地信守諾言了啊！」老太婆像是在回答她，「到了市集的牧草地，他就會變回來，也會在到達石牆鎮以前恢復原本的樣貌。而且等我把他變回來，我也會把妳再變成人形，因為我還是得找一個比妳這傻丫頭更好的僕人。我沒辦法在整個旅程中忍受他在這裡礙手礙腳，多管閒事、窺探別人又問東問西的。而且我已經遵守契約餵他了，可不只是堅果跟種子而已哦。」她緊緊抱住自己，前後搖來搖去。「哦，妳早上要很早起來，比我還早起。我真的相信那土包子的花比多年前妳丟掉的那株還好呢。」

她咂了咂舌，甩動韁繩，兩匹騾子便從容走上森林小徑。

女巫駕車的時候，伊凡妮便在她發霉的床上休息。篷車喀噠喀噠，東倒西歪地穿越森林。車子停下來，她便醒來起身。女巫睡覺時，伊凡妮就坐在篷車頂上仰望繁星。有時女巫的鳥兒會陪著她坐，她會帶著寵溺與關愛照料牠，只要有人能確認她的存在總是好事。但女巫在附近時，鳥兒就會完全忽視她。

伊凡妮也關心那隻睡鼠，牠幾乎都在熟睡，頭蜷縮在腳爪間。當女巫出去收集柴火或取水，伊凡妮就會打開籠子撫摸牠，跟牠說話。儘管不知道睡鼠還有沒有崔斯坦的意識，但她有好幾次還是唱歌給牠聽。睡鼠用溫和睏倦的眼睛盯著她瞧，像黑墨水滴似的，牠的毛皮比羽絨還要柔軟。

她的髖關節不痛了。既然不用每天走路，腳也沒有那麼痛了。她知道自己會永遠跛腳，因為儘管崔斯坦已經盡了力，但他畢竟不是外科醫生，無法修復折斷的骨頭。瑪歌也是這麼說的。

他們偶爾遇到其他人的時候，星星就盡可能躲起來。不過，她很快就知道，即使有人在女巫的聽力範圍內跟她說話，例如曾經有個伐木工人指著她，向施美樂夫人詢問她的事，女巫似乎也無法察覺伊凡妮的存在，甚至聽不見與她存在有關的一切。

於是女巫的篷車嘎嘎作響地震動著女巫、鳥兒、睡鼠和流星的骨頭，好幾個星期就這麼過去。

9

主要處理迪格瑞壕溝的事件

迪格瑞壕溝是兩座白堊丘陵間一道深深的切口，那兩座丘陵高聳青翠，白堊上覆蓋著一層薄薄的紅土和綠草，土壤幾乎不夠樹木生長。從遠方看起來，這道壕溝就像一道白粉筆線畫在綠色的絲絨板上。當地傳說這個切口是迪格瑞獨力在一晝夜間挖成的，他用的鏟子曾是一把劍，由韋蘭．史密斯從石牆鎮前往精靈仙境的旅途中熔劍鑄造而成。也有人說這把劍原本是火焰之劍⓲，其他人則說是巴爾蒙克神劍⓳；但沒有人敢說自己知道迪格瑞究竟是誰，而這一切可能都只是胡說八道。總而言之，通往石牆鎮的路橫越迪格瑞壕溝，不論是步行前往或乘坐任一類型的車輛，非得橫越壕溝不可，兩旁聳立的白堊就像厚厚的白牆，丘陵就像巨人床上的綠枕頭，在這些牆上方隆起。

壕溝中央有個東西，就在通道旁，乍看之下只比一堆枯柴跟樹枝好不了多少。靠近一點查看才會認出那東西不完全是自然的，介於小棚屋和大型木帳篷之間，頂端有個洞，時不時可見灰色的煙裊裊冒出。

穿黑衣的男人已經盡可能密切偵察這堆柴枝兩天了，他從遠在高處的丘陵頂端往下查看，逮到機會時就靠近些。他確定這茅屋裡住著一個年邁的女人。她沒有同伴，也沒有明顯的活動跡象，只靠攔下每一個獨行的旅人，和每一輛通過壕溝的交通工具來消磨度日。

她似乎不構成障礙，但幼穆斯可不是只看外表判斷人，才成為家中唯一倖存的直系男性成員。而且他很確定，是這老太婆割斷了伯穆斯的喉嚨。

復仇的責任是要求一命償一命，不過沒有指定取人性命的方法。那麼，根據性格，幼穆斯是天生的下毒高手。刀劍、毆打和設計陷阱在某種程度上已經很好了，但把一小瓶無臭無味的清澈液體混入食物裡，才是幼穆斯的專長。

可惜老太婆似乎只吃自己收集捕捉的食物。他原本打算在老太婆房門口放個熱氣騰騰的派，內餡是熟蘋果加致命的毒漿果，卻很快就打消了這不可行的盤算。他仔細思考是否要從老太婆頭上的山丘滾下一大塊白堊圓石，砸在她的小房子上，卻沒把握那塊大石頭一定能打中她。他真希望自己更像魔術師一點。他有某種確切定位的能力，這種能力不規則地出現在家族成員中。這些年來，他也或學或偷能耍幾個小魔術，但當他需要召喚洪水、颱風或閃電時，眼前卻沒有一樣派得上用場。於是幼穆斯時時刻刻、晝夜不停地監視著他未來的受害人，就像看守著老鼠洞的貓。

時間已過午夜，月色昏暗不明，幼穆斯終於躡手躡腳走到樹枝搭成的小屋門口。他一手提著火爐的爐膛，另一手拿了本情詩集跟黑鳥巢，巢裡放了幾個樅木毬果。腰帶上掛著橡木棍，頂端用黃銅釘子裝飾。他在門口細聽，只聽見規律的呼吸聲，有時也傳來夢囈。他的眼睛習慣了黑暗，這房子映襯著壕溝的白堊地層，格外明顯。他悄悄走到房子的另一邊，仍看得到門口。

首先，他撕下詩集的書頁，把每一首詩都揉成團或紙捻，沿著地面塞進小棚屋的樹枝牆縫間。在這些詩頁上，他都放了樅木毬果。接著，他打開爐膛，用刀從蓋子裡掏出一把上過蠟的亞麻布片，放進爐膛炙熱的炭火中。等布片都燒旺了，他再放到紙捻和樅木毬果上，在搖曳的黃色火苗上輕輕吹氣，直到柴堆也燃起來為止。他從鳥巢上拆了些乾樹枝，丟進那堆小火焰中，火焰在夜裡發出爆裂的聲音，漸漸燒得越來越旺。牆上的乾樹枝緩緩冒出煙來，幼穆斯不得不忍住咳嗽。然後樹枝也著了火，幼穆斯露出了笑容。

幼穆斯回到小屋門口，把木棍高高舉起。他的推論是：若是巫婆跟著房子一塊兒燒死，我的任務也就完成了；不然就是她聞到煙味，醒來時驚慌不知所措，就會從房子裡跑出來，我正好一棍打在她

---

⑱ Flamberge源自法文Flambayonet，意為「火焰」，是一種劍身如火焰般呈波浪形的刺劍。

⑲ 德國民間史詩《尼布龍根之歌》（Nibelungenlied）中的英雄Siegfried所持的神劍。他以此劍擊敗大龍、奪得寶物，使女中豪傑Brunhild成為Gunther王之妻。

頭上，趁她還來不及說話前就把她的頭打碎。她一死，我也就復了仇。

「這個計畫不錯，」叔提斯用乾木柴的爆裂聲說道，「一旦殺了她，幼穆斯接著就可以取回暴風堡的力量之源了。」

「咱們等著瞧吧。」伯穆斯說。他的聲音像是夜出活動的鳥兒從遠方傳來的悲鳴。

火舌舔舐著小木屋，明亮的橘黃色火苗從木屋兩側漸漸延燒開來。沒有人從小屋門口出來。不久，這地方成了煉獄，幼穆斯被高溫逼得後退了好幾步。他的笑容更大、更得意了，手上的木棍也放了下來。

一陣尖銳的疼痛從他的腳跟傳來。他一扭身，看見一隻眼睛明亮的小蛇，在灼熱的火光映照下呈現深紅色。小蛇的尖牙深深陷入他皮靴後跟。他用力把木棍扔向小蛇，但這小生物卻從他的腳跟退了下來，以極快的速度屈伸著身體消失在一大塊白堊圓石後方。

他腳跟上的疼痛消退了。萬一是毒蛇咬的，幼穆斯想道，皮革會吸收大部分的毒液。我該從小腿肚把腿綁起來，脫下靴子，在被咬傷的位置割開十字形的切口。然後我要把蛇毒吸出來。他這麼想著，在火光中坐到一大塊白堊圓石上，使勁拉扯靴子。靴子脫不下來。他的腳麻木沒有感覺了，他知道這隻腳很快就會腫起來。那麼我該把靴子割開，他想道。他把腳舉到大腿的高度；有一瞬間，他還以為世界變暗了，然後他看到篝火般照亮壕溝的火焰消失。他只覺得冷到了骨子裡。

「怎麼？」他身後響起一個聲音，輕柔得像絲織的絞頸繩，甜蜜得像下了毒的糖果。「你以為你燒了我的小屋就能取暖嗎？你是不是等在門口，想弄清這場火稱不稱我的心？」

幼穆斯想回答她，但下顎的肌肉繃得緊緊的，牙齒咬得軋軋作響。他的心臟像小鼓般在胸中猛敲，節奏不像平常那麼穩定，而是狂野而不規則。他感到身體裡的每一根動脈與靜脈都在骨骼間穿行、輸送火焰，如果血管中泵送的不是冰，那就是火了。他實在分辨不出來。

一個老太婆走進他的視線範圍，看起來像是住在小木屋裡的女人，但是卻老得太多太多了。幼穆斯試著眨眨眼，好讓疼得難受的雙眼看清楚，但他忘記怎麼眨眼睛了，眼睛也闔不起來。

「你應該覺得羞恥，」那老女人說道，「竟然企圖放火，對可憐的獨居老太婆施暴。要不是她的小朋友親切幫忙，這位老太婆早就任憑每個經過的浪子擺布了。」

她從白堊地面上拾起一樣東西，繞在手腕上，走回小屋。小屋奇蹟般沒有燒壞……要不就是復原了。幼穆斯不知道是哪一種，也不在意了。

他的心臟在胸腔中震顫，變換跳動的節奏。如果能尖叫，他一定會叫出聲。疼痛結束之前，黎明到來。他的六個哥哥出聲歡迎幼穆斯加入他們的行列。

幼穆斯最後一次往下看，看著那個他曾經住過、扭曲而仍有微溫的軀體，以及軀體的眼神。然後他轉過臉去。

「我們已經沒有兄弟能向她尋仇了，」他用清晨的杓鷸叫聲說道，「我們之中也沒有人會成為暴風堡勳爵了。我們看看還有什麼可做的吧。」

他說完之後，那地方連個鬼影子都沒了。

那天，太陽高掛在天空，施美樂夫人的篷車緩慢吃力地穿越迪格瑞壕溝的白堊缺口。

施美樂夫人注意到路旁那座被煙灰弄得黑黑的木棚子，當她靠近時，駝背的老太婆穿著褪色的猩紅長袍從路邊向她招手。老太婆的頭髮跟雪一樣白，皮膚皺巴巴的，還瞎了一隻眼。

「日安，大姐。妳的房子出了什麼事？」施美樂夫人問道。

「現在的年輕人啊。我這可憐的老太婆從來沒傷過人，竟然有人以為縱火燒掉老人的房子是什麼好玩的消遣。但他很快就得到教訓了。」

「欽，」施美樂夫人說，「他們一直都在學習。也從來不懂得感激我們給予的教訓。」

「妳說得對極了。」穿著褪色猩紅長袍的女人說，「那麼親愛的，告訴我，妳今天跟誰一起上路呀？」

「這個嘛，」施美樂夫人傲慢地說，「跟妳沒什麼關係吧。妳把自己的事兒管好，我就謝謝妳啦。」

「誰跟妳一起上路？老實告訴我，否則我叫大鵰把妳撕咬得支離破碎，然後把妳剩下的屍體掛在地底深處。」

「妳是誰？敢這樣威脅我？」

老太婆睜著一隻正常一隻混濁的眼睛朝上瞪視著施美樂夫人。「我認識妳，死水莎樂。不必麻煩妳那兩片該死的嘴唇。誰跟妳一起旅行？」

不管她想不想說，施美樂夫人感到字句從口中猛衝出來。「有兩隻拉篷車的騾子、我自己、一個我把她變成大鳥的女僕，還有一個變成睡鼠的年輕人。」

「還有誰？還有什麼東西？」

「沒有什麼人跟東西了。我以姊妹情誼發誓。」

路旁的女人撇了撇嘴。「那妳滾吧，不要胡扯了。」她說道。

施美樂夫人嘖嘖出聲，搖了搖韁繩，騾子小跑了起來。

陰暗的篷車裡，星星睡在借來的小床上，一點也不知道自己剛剛離死亡有多近，更不知道她能逃過這一劫有多險。

等他們走得看不見木屋和死白的迪格瑞壕溝，異國鳥兒振翅飛上棲枝，猛轉過頭歡鬧地高聲啼叫唱歌，直到施美樂夫人告訴牠若是不安靜下來，就會擰斷牠愚蠢的脖子，牠才停了下來。即使在那時候，這隻漂亮的鳥兒在安靜陰暗的篷車裡也得意地咕咕叫，顫抖著囀鳴，甚至一度發出像縱紋腹小鴞的叫聲。

他們接近石牆鎮時，太陽已低垂在西方的天空。陽光在他們眼中閃耀，照得他們眼睛花白，把他們的世界變成液態的金子。天空、樹木、矮樹叢，甚至是小徑本身都在夕陽的光芒下變成金色。

施美樂夫人勒住騾子，停在預定擺設攤位的牧草地上。她從篷車上解下那兩頭騾子，帶到小溪邊，拴在一棵樹下。騾子急切而專心地喝著水。

整片牧草地上都有其他商家和遊客設立攤位、撐開帳篷、把布幔從樹上掛下來。期待的氣氛就像夕陽西下的金黃色光芒，影響了每個人、每件事。

施美樂夫人鑽進篷車，從鏈子上取下鳥籠。她把鳥籠拿到牧草地上，放到隆起的草丘。她打開鳥籠門，用骨瘦如柴的手指拎出正在熟睡的睡鼠。「出來吧。」她說。睡鼠用前爪揉揉溼潤的黑眼睛，在逐漸黯淡的日光中眨著眼。

女巫把手伸進圍裙，拿出一朵玻璃做的水仙花。她用那朵花輕觸崔斯坦的頭。

崔斯坦懶洋洋地眨了眨眼，打了個呵欠。他伸出一隻手順了順不聽話的棕髮，朝下望著女巫，眼裡帶著可怕的怒氣。「妳這邪惡的老母羊！」他開始說道。

「閉上你的笨嘴，」施美樂夫人尖聲說道，「我把你安安全全、健健康康地帶到這裡，跟我遇到你的狀態一樣。我供你吃供你住，如果說這都不稱你的心、或是不合乎你的期望，對我又有什麼差別？好啦，趁我還沒把你變成扭來扭去的蟲，一口咬掉你的頭——或尾巴之前，你快滾吧！走呀！噓！噓！」

崔斯坦數到十，粗魯地走開。他走了一段路後，停在一片小樹林旁等待星星。她從篷車旁的梯子一瘸一拐地爬下來走向崔斯坦。

「妳還好嗎？」星星靠近時，他真心誠意地關心道。

「很好，謝謝你，」星星說道，「她沒折磨我。我想她真的一點兒也不知道我在車上。這豈不是有點詭異嗎？」

此時施美樂夫人把鳥兒放在面前。她用玻璃花朵輕觸鳥兒頭上的羽毛，牠迅速變化成年輕的女人，看起來不比崔斯坦的年紀大多少，有著黑色鬈髮和貓咪般覆著軟毛的耳朵。她朝崔斯坦瞥了一眼，儘管崔斯坦想不起自己在哪裡看過那對紫羅蘭色的眼睛，卻覺得那雙眼看來非常熟悉。

「那麼，這就是那隻鳥真正的模樣了，」伊凡妮說，「她在路上是很好的旅伴呢。」接著星星發覺，鳥兒是變成了女人沒錯，但那條限制鳥兒行動的銀鎖鏈並未消失，因為鎖鏈在她的手腕和腳踝上閃閃發亮。伊凡妮指給崔斯坦看。

「有，」崔斯坦說，「我看到了。真是恐怖。但我不確定我們能幫上什麼忙。」

他們一起穿過牧草地，朝石牆的開口走去。「我們應該先去拜訪我的父母，」崔斯坦說，「因為他們一定很想我，就像我想他們一樣。」（雖然，說老實話，崔斯坦在旅途中幾乎沒多想過自己的父母親。）「然後我們要去看維多利亞．佛瑞斯特，然後……」崔斯坦隨著這一句閉上了嘴。就他目前的想法來說，星星不是可以從一隻手交到另一隻手的東西，而是一個真正的人，從各方面看來都完全不算是東西。因此他不能再安於自己的老念頭，要把星星送給維多利亞．佛瑞斯特。然而，維多利亞．佛瑞斯特仍是他愛過的女人。

他下定決心要破釜沉舟、勇往直前，眼下他要帶著伊凡妮到鎮上，處理即將發生的各種事情。他感覺精神振奮，他當睡鼠的時光只成為腦海中某場夢的殘跡，彷彿他只是在廚房的火爐前睡了場午覺，如今再一次神智清醒了起來。記憶中波謬斯先生最好的麥酒簡直就像正含在嘴裡。儘管他愧疚地一驚，意識到自己已經忘了維多利亞眼睛的顏色。

崔斯坦和伊凡妮橫越牧草地，俯視石牆開口。太陽又紅又大，半隱在石牆鎮的屋頂後面。星星猶豫了。

「你真的要這樣嗎？」她問崔斯坦，「我滿擔心的。」

「別緊張，」崔斯坦說，「雖然妳會提心吊膽也是很正常；我的胃翻騰個不停，像吞下了一百隻蝴蝶似的。但只要妳坐在我母親的起居室，喝她泡的茶——噢，不是真的喝茶啦，不過妳可以抿上幾口——就會覺得好過多了。我發誓，為了這麼好的客人，同時又要歡迎兒子回家，我母親一定會拿出最好的瓷器。」崔斯坦摸索到她的手，緊緊握住讓她放心。

她看著崔斯坦，露出溫柔而悲傷的笑容。「無論你到哪裡，我就到哪裡……」她低語。

年輕人和墜落的星星手牽手，走近石牆的開口。

10

星塵

有時我們會注意到。有時，我們會像忽略小而瑣碎的事物一樣，輕易忽略大而明顯的事物，而被忽略掉的大事經常會造成問題。

崔斯坦．宋恩從精靈仙境這邊朝石牆閘口走去，自十八年前他在母親腹中成形，這是他第二次跨過去了。星星一跛一拐地走在他身邊。故鄉小鎮的氣味和聲音使他腦中一片混亂，一顆心也在胸中激烈跳動。當他靠近，他禮貌地向閘口的守衛點點頭，認出了他們。那個年輕人心不在焉地換腳站立，啜著一大杯飲料，崔斯坦猜想那是波謬斯先生最好的麥酒。年輕人名叫威斯坦．皮聘，是崔斯坦以前的同學，但從來不是他的朋友；年紀大一點的男人急躁地吸著似乎已熄滅的菸斗，他正是崔斯坦以前在「曼德與布朗商店」的雇主傑若姆．安柏斯．布朗先生。他們背對著崔斯坦和伊凡妮，堅決地面向村莊，似乎認為偷看正在背後牧草地上進行的準備工作是一種罪過。

「晚安，」崔斯坦彬彬有禮地說，「威斯坦。布朗先生。」

兩個男人一驚。威斯坦把啤酒潑到夾克前襟。布朗先生舉起棍棒，緊張兮兮地對準崔斯坦的胸膛。威斯坦放下麥酒，拿起棍棒，擋住了閘口。

「留在原地別動！」布朗先生說。他用棍棒示意，彷彿崔斯坦是頭野獸，隨時都可能撲向他。

崔斯坦笑了起來。「你們不認得我了嗎？」他問，「是我啊，崔斯坦．宋恩。」

崔斯坦知道布朗先生是資深守衛，但他沒放下棍棒。他上下打量著崔斯坦，從磨損的棕色靴子到那頭拖把般濃密雜亂的頭髮。然後目不轉睛地看著崔斯坦晒黑的臉，不為所動地嘲笑：「就算你是那個一無是處的宋恩，」他說，「我也看不出有什麼理由讓你們這些人通過。不管怎麼說，我們可是石牆的守衛。」

崔斯坦眨了眨眼。「我也守衛過石牆，」他指出，「沒有什麼規定不能讓人從這邊過去。只有不能從鎮上過來而已。」

布朗先生緩緩點了點頭。接著像在對白痴說話似的說道：「如果你真的是崔斯坦．宋恩……這是我唯一認為有爭議的部分，因為你看起來一點也不像他，你說話的樣子跟他不一樣。你說你在這裡住了那麼多年，有多少人從牧草地那邊通過石牆進來？」

「就我所知，一個也沒有吧。」崔斯坦說道。

布朗先生露出笑容——就是以前崔斯坦遲到五分鐘就扣他一上午工資的笑。「完全正確，」他說，「沒有規定禁止，是因為這種事不會發生。好歹在我值勤的時候沒有人能從另一邊進來。好啦，滾一邊去吧！小心我一棍打在你頭上！」

崔斯坦驚愕得都呆住了：「如果你以為你是在給我苦頭吃……我什麼苦頭都吃過了，但在最後關頭竟被一個自我中心又小氣巴拉的雜貨商，還有一個以前在歷史課抄我答案的傢伙轟出去？」他開始大罵，但伊凡妮碰碰他的手臂說道：「崔斯坦，算了吧。你不該跟你們的人吵架。」

崔斯坦什麼也沒說，只是一言不發，轉過身，兩人一起走上長滿牧草的斜坡。他們周遭混雜著人類和各種生物，忙著架設攤位、豎起旗幟、用手推車裝運物品。此時，一股彷彿鄉愁的情緒襲向崔斯坦，但這種心情卻差不多是渴望與絕望各半。這些人恐怕也是他的同類，因為他覺得自己跟他們比較類似，而不像石牆鎮那些穿著精紡毛料夾克和平頭釘靴的蒼白鎮民。

他們停下來旁觀一個矮小婦人賣力把攤位架設起來，她身體胖得幾乎跟身高同寬。崔斯坦問也不問便走過去協助她，把手推車上沉重的箱子搬到攤位、爬上高梯把各種各樣的垂飾掛上樹枝、從箱子裡取出沉重的玻璃瓶罐（每一個都塞了巨大烏黑的軟木塞，以銀白色的蠟密封，裡頭裝滿緩慢旋轉的彩色煙霧），擺放在貨架上。他和這女販子工作時，伊凡妮坐在附近的樹墩上，用柔和清澈的聲音唱歌給他們聽。除了高空中的星星之歌，還有些較為通俗的歌曲，是她在旅途中聽到學來的。

等到崔斯坦和矮小的婦人把明天要用的攤位布置好，已經是掌燈時分。婦人堅持請他們吃飯。伊凡妮幾乎無法說服婦人說自己不餓；但崔斯坦十分捧場，把婦人給的東西都吃個精光，還很不尋常地喝了大半瓶甜甜的加那利酒。他堅持那酒嘗起來甚至比鮮榨的葡萄汁烈，對他不會有任何影響。儘管如此，當矮胖的婦人把推車後頭的空地讓給他們睡覺時，崔斯坦卻醉得一下子就睡著了。

那是晴朗寒冷的夜晚，星星坐在熟睡的男人身邊。他原是捕獲她的人，又成了她的旅伴，她不明白自己的恨意到哪裡去了。她一點也不想睡。

她身後的草葉沙沙作響。一個黑髮女人站在她身旁，和她一起低頭凝望著崔斯坦。

「他體內還是有一部分屬於睡鼠。」黑髮女人說道。她的耳朵尖尖的，像貓一樣，看起來只比崔斯坦的年齡大一點。「有時我在想，不知道是她把人變成動物，還是她發現我們體內的野獸，再釋放出來？也許我的天性中有一部分是五彩斑斕的鳥兒。這件事我想了很久，但還是一點結論也沒有。」

崔斯坦嘟噥了幾句難以理解的夢話，在睡夢中動了一動。然後開始輕聲打起鼾來。

女人繞過崔斯坦，在他身邊坐下。「他的心地好像還不錯。」她說道。

「是呀，」星星承認道，「我想他是滿好心的。」

「我得提醒妳，」女人說道，「要是妳離開這片土地到那邊去——」她用纖細的手臂朝石牆鎮做了個手勢，手腕上的銀鎖鏈閃閃發亮。「就我所知，妳就會變成在那個世界該有的樣子：從天空中墜落的冰冷無機物。」

星星打了個寒顫，但她不發一語，反而越過崔斯坦熟睡的身體，觸摸繞在女人手腕和腳踝上的銀鎖鏈。鎖鏈的頭遠遠隱沒在灌木叢後面。

「妳遲早會習慣這東西。」女人說道。

「所以妳習慣了？真的嗎？」

紫羅蘭色的眼睛深深看進藍眼睛裡，接著又轉開。「假的。」

星星放開鎖鏈。「他曾經用一條很像這個的鏈子把我鎖住。然後他放了我，我從他身邊逃跑了。但他找到我，用義務綁住了我，比任何鎖鏈都更牢固得多。」

四月的微風吹過牧草地，惹得灌木叢和樹林發出冷颼颼的長嘆。有著貓耳朵的女人把臉上的鬈髮甩到後面，說道：「妳有一個更重要的義務，不是嗎？妳擁有不屬於妳的東西，必須物歸原主。」

星星繃緊了嘴唇，問道：「妳是誰？」

「我告訴過妳。我就是篷車上的那隻鳥。」女人說，「我知道妳是誰，我也知道為什麼那個女巫一直不曉得妳在哪裡。我知道是誰在搜尋妳的下落，以及她為什麼需要妳。我還知道妳用銀鏈綁在腰上的那塊黃玉的來源。只要了解這點，加上知道妳是哪一種東西，我就明白妳背負著什麼義務。」她彎下身，用纖細的手指，將崔斯坦臉上的頭髮溫柔撥開。熟睡的年輕人沒有動靜，也沒有反應。

「我不相信妳，也不信任妳。」星星說。一隻夜出活動的鳥在她們頭上啼叫，在黑暗中聽起來非常寂寞。

「我還是鳥兒的時候，看過妳繫在腰上的黃玉。」女人說著，又站了起來。「妳在河裡沐浴的時候，我留意到了，認了出來。」

「怎麼會？」星星問道，「妳怎麼認得出來？」

但黑髮女人只是搖搖頭，朝草地上熟睡的年輕人多看了最後一眼，便沿原路往回走。接著她便消失在黑夜中。

崔斯坦的頭髮執拗地再一次滑落臉上。星星彎下身，溫柔地把髮絲撥向一旁，一面用手指磨蹭他的臉頰。他繼續睡著。

日出後沒多久，崔斯坦就被一隻大美洲獾吵醒了。美洲獾用後腿行走，穿著淺紫色的舊絲袍，在崔斯坦耳邊用鼻子吸氣，直到他惺忪地睜開眼，才自以為是地說：「你姓宋恩？崔斯坦是你的名字嗎？」

「嗯？」崔斯坦說道。他嘴裡有股惡臭，感覺口乾舌燥，滿滿舌苔。他還想再睡上幾個小時。

「他們在打聽你的事，」美洲獾說道，「在閘口那邊。好像有位年輕小姐想私下跟你說話。」

崔斯坦坐起來，大大地笑開了嘴。星星睡得正熟，他搖了搖星星的肩膀。星星睜開惺忪的藍眼睛說道：「幹麼？」

「好消息，」他對星星說，「妳記得維多利亞·佛瑞斯特吧？我在旅途中可能提過一、兩次她的名字。」

「記得，」她說，「你好像說過。」

「噢，」他說，「我要去見她。她在閘口那裡。」他停了一下。「嗯……妳大概還是留在這裡比較好。我不想讓她誤解還是什麼的。」

星星翻過身去，用手臂遮住頭，沒再說什麼。崔斯坦認為她一定又繼續睡了。他穿上靴子，在牧草地的小溪裡洗洗臉、漱漱口，便匆匆忙忙穿越牧草地，朝鎮上跑去。

今早的石牆守衛是教區的麥樂斯牧師和旅館主人波謬斯先生。他們中間站著一位年輕小姐，背對著牧草地。「維多利亞！」崔斯坦歡欣叫喊，但接著年輕小姐轉過身來，他看出女子不是維多利亞·佛瑞斯特。（他忽然回想起維多利亞有著灰色的眼睛，他真高興自己想起來了，就是灰色的沒錯。他怎麼能隨隨便便忘記呢？）這位年輕的小姐穿戴著漂亮的帽子和披肩，儘管她看見崔斯坦時眼中滿是淚水，崔斯坦卻說不出她是誰。

「崔斯坦！」她說，「真的是你！他們說是你！崔斯坦！你怎麼能這樣？你怎麼能這樣？」此時，他驚覺這個責備他的年輕小姐是誰了。

「路薏莎？」他對妹妹說道，「我不在的時候妳真的長大了。從黃毛丫頭變成高雅的小姐啦。」她從袖子裡抽出鑲蕾絲花邊的亞麻手帕，用力擤鼻子。「而你呢，」她用手帕擦著臉，一面對他說道，「在旅途中變成衣衫不整、頭髮蓬亂的吉普賽人了。不過我認為你看起來很好，這可是好事一件。來吧。」她迫不及待，示意哥哥通過石牆開口，到她身邊。

「可是石牆……」他說，略為緊張地看了旅館主人和教區牧師一眼。

「喔，關於這件事，威斯坦和布朗先生昨晚結束值班後聚在『第七隻喜鵲』的酒吧裡，威斯坦偶然間談起他們遇到一個流浪漢，自稱是你，還有他們怎麼擋住他的路——也就是你的路。等消息傳到父親的耳朵裡，他立刻快步走到『第七隻喜鵲』去，把他們兩個嚴斥了一頓，罵他們不該這麼做。我簡直不敢相信那是他。」

「我們有些人贊成讓你今天早上回來，」牧師說，「有些人認為應該讓你等到中午。」

「不過那些想讓你等的人今早都沒輪到石牆守衛的班，」波謬斯先生說，「而且他們還想出不少閒言閒語。哪天我要是在小吃攤露面的時候可以告訴你。儘管如此，看到你回來真開心。快過來吧。」

他一面說，一面伸出手來，崔斯坦熱情地跟他握了手，也跟牧師握了手。

「崔斯坦，」牧師說，「我想你在旅途中一定看了很多奇特的景致。」

崔斯坦仔細想了一會兒，說：「我想我一定看了不少。」

「你下個星期一定要來牧師館邸，」牧師說，「我們會準備茶水，你可以好好告訴我。你一安頓好就來，好嗎？」崔斯坦一向敬畏牧師，這時只能點頭如搗蒜。

路薏莎有點誇張地嘆了口氣，腳步輕快地走向「第七隻喜鵲」。崔斯坦跑在鵝卵石路上，追上她後才走在她身邊。

「再見到妳我心裡好高興啊，我的好妹妹。」他說。

「你好像覺得我們都不擔心你似的。」她不高興地說，「你在外頭流浪！而且你甚至沒把我叫起來說再見。父親想你想得瘋了，聖誕節時你不在家，我們吃了鵝肉和布丁之後，父親拿出紅葡萄酒向不在場的朋友祝酒，母親像小孩子一樣哽咽，當然我也哭了，然後父親用最好的手帕擤鼻子，外公和外婆堅持要放聖誕煙火，朗讀歡樂的格言，但不知道為什麼那只是雪上加霜。乾脆這麼說吧，崔斯坦，你真的毀了我們的聖誕節。」

「對不起，」崔斯坦說，「但我們現在在做什麼？我們要去哪裡？」

「我們要去『第七隻喜鵲』，」路薏莎說，「這麼明顯的事我早該想到的。波謬斯先生說你可以用他的會客室。有人在那裡等著要跟你談一談。」走進酒吧後，她便不再多說了。崔斯坦認得一些人，有的向他點頭或微笑，有的面無表情。他跟在路薏莎身邊，穿過人群，爬上酒吧後面狹窄的樓梯，木板在他們腳下嘎吱作響。

路薏莎怒目瞪視崔斯坦，嘴脣哆嗦著，猛地伸出雙臂緊緊擁抱了他，崔斯坦驚訝之餘幾乎沒辦法呼吸。接著，她沒有再多說一個字，便走下木梯離開。

他敲敲會客室的門，走了進去。房間裡裝飾著一些不尋常的物品，有古色古香的雕像和陶壺等小東西。牆上懸掛著一根棍子，上面纏繞著常春藤葉（但其實那是深色金屬，精工錘成了常春藤的模樣）。除了裝飾以外，這個房間簡直像某個忙到沒時間坐下的單身人士會客室。這裡的家具包括一張小躺椅和一張矮桌，桌上擺著皮面精裝的勞倫斯．斯特恩演講稿，已經翻得很舊了。房間裡還有一架鋼琴跟幾把扶手皮椅，維多利亞．佛瑞斯特就坐在其中一張扶手椅上。

崔斯坦緩慢而堅定地走向她，單腳跪在她面前，就像曾經在鄉間小徑的泥地上向她下跪一樣。

「請別這樣。」維多利亞不安地說，「請起來吧。你不如坐在那裡——坐那張椅子好嗎？對。好多了。」早晨的陽光從上方的蕾絲窗簾裡透進來，從後面照在她栗色的頭髮上，將她的臉龐鑲在金色背景中。「瞧你，」她說，「你變成男人了。還有你的手。你的手怎麼了？」

「我燒傷了，」他說，「在火裡燒的。」

一開始她什麼也沒說，只是盯著崔斯坦看。接著她坐回扶手椅，看著前方牆上的棍棒，也可能是看著波謬斯先生某個精巧古雅的雕像，說道：「崔斯坦，有幾件事我一定要告訴你，但沒有一件是很好開口的。在我有這個機會把話說完之前，如果你能保持沉默，我會很感激。那麼，第一件事——可能也是最重要的事，我必須向你道歉。是我愚蠢、白痴的行為把你送上這趟旅程。我以為你在開玩笑……不，不是玩笑。我以為你太膽小，太孩子氣，不至於去實踐你那些誇張天真的話。你離開後，日子一天天過去，而你一直沒回來，我才了解你是認真的，但那時候已經太晚太晚了。

「我每天都活在自己可能把你送上死路的念頭裡。」

她說話時一直瞪著前方，崔斯坦有種感覺，而這感覺慢慢變成確信：自己不在時，她已經在腦海中進行過這段話上百次。這就是她不許自己說話的原因；這對維多利亞來說已經夠難了，如果還讓她偏離稿本，她沒辦法應付。

「我對你並不公平，我可憐的小店員。但你已經不再是小店員了，是嗎？我原以為你的追求從各方面看來都太愚蠢，」她停了一下，雙手緊緊抓住椅子的木製扶手，抓得那麼用力，使得指關節先是泛紅，然後轉白。「問我為什麼那天晚上不肯親吻你，崔斯坦．宋恩。」

「妳有權利不親吻我，」崔斯坦說，「我不是到這裡來讓妳傷心的，維琪。我不是為了讓妳變得不幸才幫妳找到星星的。」

她把頭偏向一邊。「所以你真的找到我們那晚看見的星星了？」

「是啊，」崔斯坦說，「現在星星已經回到牧草地了，我完成了妳要求我做的事。」

「那麼現在替我做點別的事吧。問我為什麼那天晚上不肯親吻你。畢竟，在我們還小的時候，我曾經親吻過你。」

「好吧，維琪。那天晚上為什麼妳不肯親吻我？」

「因為……」她說的時候聲音大大放鬆，彷彿不由自主輕鬆起來。「我們看到流星的前一天，羅伯特向我求婚。那天傍晚，我看到你的時候，我本來是想到商店去看他，跟他說話，告訴他我接受，而他應該去向我父親提親。」

「羅伯特？」崔斯坦問，感到頭暈目眩。

「羅伯特．曼德。你在他店裡上班。」

「曼德先生？」崔斯坦複述，「妳跟曼德先生？」

「一點也沒錯。」維多利亞現在正視他了，「然後你又把我的話當真，跑去把星星帶回來給我，我每天都覺得自己做了又蠢又壞的事。因為我答應如果你把星星帶回來，我就要嫁給你。有好些日子，崔斯坦，我真的不知道哪一個比較糟糕：一個是你為了愛我而在那邊的土地上被殺，另一個是你瘋狂的舉動成功，帶著星星回來，宣布我是你的新娘。那麼，當然，這一帶有些人叫我不要這麼悲傷，說你無論如何會到那邊的土地去——當然，那是你的本能，你一開始就是從那邊來的。但是，不曉得什麼緣故，在我心裡，我就是知道我做錯了，有一天你會回來向我索賠。」

「妳愛曼德先生嗎？」崔斯坦趕緊抓住自己唯一確定聽懂的事問道。

她點點頭，把頭抬起來，漂亮的下巴正對著崔斯坦。「但是我已經答應你了，崔斯坦。我會遵守諾言，我也把這件事告訴羅伯特了。我得對你經歷的一切負責——甚至也要對你那燒傷的可憐左手負責。如果你要我，我就是你的了。」

「老實說，」他說，「我想我才該對我的一切作為負責，而不是妳。雖然我不時想念柔軟的床鋪，但是我一點也不後悔，也絕不會再用同樣的態度看待睡鼠。但妳並沒有承諾如果我帶著星星回來就要嫁給我，維琪。」

「我沒有嗎？」

「沒有啊。妳是答應把我想要的東西給我。」

維多利亞直挺挺坐著，朝下看著地板。白皙的兩頰分別出現紅暈，好像被打過巴掌似的。「你是不是要……」她開始說話，但崔斯坦打斷她。

「不，」他說，「事實上，不是妳想的那樣。妳說無論我想要什麼，妳都會給我。」

「對。」

「那麼？」他停了一下，「那麼我想要妳嫁給曼德先生。我想要妳越快結婚越好——如果來得及安排的話，何不就在這個星期？我想要你們倆一起成為有史以來最幸福的人。」

維多利亞忽然震動了一下，鬆了一大口氣。然後看著他。「你是說真的嗎？」她問道。

「帶著我的祝福嫁給他，我們就扯平了。」崔斯坦說，「星星大概也會這麼想吧。」

門上傳來敲門聲。「裡面一切都還好嗎？」一個男人的聲音喊道。

「一切都很好，」維多利亞說，「請進，羅伯特。你還記得崔斯坦．宋恩吧？」

「早安，曼德先生。」崔斯坦說道，跟曼德先生握了手。曼德先生的手汗津津的。「我聽說你們就快要結婚了，請允許我致上祝賀之意。」

曼德先生咧開嘴笑了，表情好像在牙痛。然後他向維多利亞伸出一隻手，維多利亞從椅子上站了起來。

「如果妳想看這顆星星，佛瑞斯特小姐……」崔斯坦說道，但維多利亞搖搖頭。

「我很高興您平安回家了，宋恩先生。我相信您會來參加我們的婚禮吧？」

「沒有什麼事情能比到場觀禮更讓我開心了。」崔斯坦說道，儘管他很確定不是這樣。

在平常的日子裡，從沒聽說過「第七隻喜鵲」在早餐前會這麼擁擠，但今天是市集日，石牆鎮鎮民和陌生人擠進酒吧，吃著羊肋排、培根、蘑菇、煎蛋和血腸，盤子堆得像山一樣高。

登斯坦．宋恩在酒吧裡等候崔斯坦。他看見兒子時便站起來走向他，緊抱住兒子的肩膀，什麼也沒說。「所以你毫髮無傷地回來了。」他說道，聲音裡透著驕傲。

崔斯坦不知道自己離開期間有沒有長高，他記得父親的個子似乎更高大。「哈囉，父親，」他說，「我的手受了點傷。」

「你母親準備了早餐在等你，回農場去吧。」登斯坦說道。

「有早餐吃真是太棒了，」崔斯坦承認道，「當然，能再見到母親也很棒。我們需要談一談。」他心裡仍記掛著維多利亞說的事。

「你好像長高了，」他父親說，「而且你該去理髮店了。」他喝乾杯中的酒，與兒子一起離開「第七隻喜鵲」，走入晨光。

兩位宋恩翻過籬笆，進入登斯坦的牧場。他們走過崔斯坦兒時玩耍的牧草地時，崔斯坦提出那件使他心煩意亂的事：他對自己出身的疑問。在回農舍的一大段路上，他父親盡可能誠實地回答他，說出自己的故事，彷彿在細述一個很久以前發生在別人身上的故事一樣。那是一個愛的故事。

他們回到崔斯坦的老家，他妹妹在那裡等著他，桌上和爐子上都擺著熱氣騰騰的早餐，這都是由他一直相信是自己母親的女人，充滿慈愛地為他準備的。

★

施美樂夫人將小攤子上最後一朵水晶花調整好後，嫌惡地看著市集。剛過中午沒多久，顧客才開始四處走動。還沒有人在她的攤子前駐足。

「每隔九年，人是一次比一次少啦。」她說，「不是我要說，這個市集很快就只剩下回憶了。我想啦，還有別的市集跟其他市場嘛。這個市集的氣數快要盡了。再過四、五十年，最多六十年，就會永遠消失了。」

「也許吧，」她那紫羅蘭色眼睛的僕人說道，「不過跟我沒什麼關係了。這是我參加的最後一次市集。」

施美樂夫人怒視著她。「我以為我早就磨掉了妳那些粗野無禮的言行呢。」

「沒什麼好粗野無禮的，」她的奴隸說道，「看。」她將縛住自己的銀鎖鏈舉起來。它在陽光下閃閃發光，卻似乎變細了，而且從來不曾像現在這麼透明，某些部分看起來不像是銀製，反而像是煙霧做成的。

「妳做了什麼好事？」點點唾沫從老太婆的脣間噴出。

「我什麼也沒做，該做的我十八年前都做了。我被綁在妳身邊做妳的奴隸，一直到月亮失去女兒，一星期有兩個星期一的那天為止。我跟著妳的時間差不多要結束了。」

下午三點過後，星星坐在牧草地上，旁邊就是波謬斯先生賣酒和食物的小攤子。她一直瞪著石牆鬧口和後面的村莊，有時小攤子的顧客想請她喝紅酒或麥酒，或是請她吃富含脂肪的上等臘腸，但她始終婉拒他們的好意。

「親愛的，妳是不是在等人？」在這步調緩慢的下午，一個面貌秀麗可人的年輕女性問道。

「我不知道，」星星說道，「也許吧。」

「年輕男人吧？如果我沒猜錯，應該是跟妳一樣可愛的傢伙。」

星星點了點頭。「某方面來說，是吧！」她說。

「我是維多利亞，」年輕女人說，「維多利亞．佛瑞斯特。」

「我叫做伊凡妮。」她把維多利亞從頭看到腳，又從腳往上看了一次。「所以，」她說，「妳就是維多利亞．佛瑞斯特。妳很有名呢。」

「妳是指婚禮嗎？」維多利亞說，眼裡閃爍著驕傲和欣喜。

「婚禮對吧？」伊凡妮問道。一隻手爬過腰際，摸到銀鏈上的黃玉，咬脣凝視石牆的閘口。

「也太可憐了，他好可惡，竟然讓妳這樣等他！」維多利亞說道，「妳為什麼不通過閘口去找他？」

「因為？」星星才開口，又停了下來。「嗯，」她說，「也許我會過去。」她們頭頂的天空橫著灰色和白色的長條雲朵，間或露出藍色的雲彩。「真希望我母親出來了，」星星說，「我想先跟她說再見。」她笨手笨腳地站了起來。

但維多利亞不想讓新朋友這麼輕易就離開，她閒談著結婚通知、結婚證書和某些只有大主教才能頒發的特殊許可，以及她有多麼幸運，因為羅伯特認識大主教。她的婚禮似乎是訂在六天後的中午。

然後維多利亞大聲叫住一位令人尊敬的紳士，他的鬢角已經灰白，抽著黑色的雪茄，笑起來的樣子好像牙痛。「這就是羅伯特，」她說，「羅伯特，這位是伊凡妮。她正在等她的男朋友。伊凡妮，這位是羅伯特．曼德。下個星期五中午，我就會成為維多利亞．曼德。親愛的，也許你可以在婚禮早餐的講詞裡用這個來做文章——在星期五那天會同時出現兩個星期一⑳！」

曼德先生猛吸雪茄，告訴未婚妻自己會認真考慮這個點子。

「那麼，」伊凡妮小心翼翼地選擇自己的用字，「妳不是要嫁給崔斯坦．宋恩嘍？」

「不是。」維多利亞說道。

「哦，」星星說，「很好。」然後她又坐下了。

幾個小時後，崔斯坦穿過石牆闇口回來時，她還坐在那裡。崔斯坦看起來有點失神，但一見到她便快活了起來。「哈囉，」他協助星星站了起來，「妳在等我的時候還好嗎？」

「沒什麼特別的。」她說。

「很抱歉，」崔斯坦說，「我想我應該帶妳一起到鎮上去的。」

「不，」星星說，「你不該。我只能活在精靈仙境。如果我進入你的世界，我就只是天空中落下的冰冷鐵石，表面還坑坑窪窪的。」

「可是我差一點帶著妳一起過去了！」崔斯坦目瞪口呆地說，「我昨晚試過。」

「對，」她說，「這只證明你的確是笨蛋、蠢貨和……大豬頭。」

「大笨頭。」崔斯坦提議，「妳以前老是喜歡叫我大笨頭。還有白痴。」

「噢，」她說，「你就是那些東西全部加在一起，而且還更差勁。你怎麼可以讓我這樣等你？我還以為你出了什麼可怕的事。」

「真抱歉，」崔斯坦對她說道，「我不會再離開妳了。」

「嗯，」她肯定而且認真地說道，「你不會的。」

於是崔斯坦牽起她的手。他們手拉著手逛遍市集。一陣風起，啪啦啪啦拍動帆布帳篷和旗幟，冰冷的雨劈劈啪啪落在他們身上。他們在一個書攤的遮篷下避雨，身邊還有其他人和生物。書攤老闆用力把一整箱的書往裡拖，確保不會淋溼。

---

⑳「曼德」即Monday的音譯。

「魚鱗天，魚鱗天，淫不久也乾不久。」一個戴著黑色絲質大禮帽的男人對崔斯坦和伊凡妮說道。他正向書攤老闆買一本紅色皮面精裝的小書。

崔斯坦微笑又點頭，雨勢看起來明顯變小時，他和伊凡妮便繼續走。

「我敢打賭，我最多只能從他們那裡得到這點謝意了。」戴著大禮帽的高個子男人向書攤老闆說道。那個老闆一點也不明白他在說什麼，便不管他。

「我跟我家人道別了。」他們一面走，崔斯坦一面對星星說。「跟我父親，還有我母親——也許我應該說『我父親的妻子』，也跟我妹妹路薏莎道別，我想我不會再回去了。現在我們只需要解決如何再把妳送回天上的問題。也許我應該跟妳一起去。」

「你不會喜歡待在天空中的，」星星向他保證，「那麼……我就當作你不跟維多利亞．佛瑞斯特結婚了？」

崔斯坦點了點頭。「不結婚了。」他說道。

「我遇到她了，」星星說，「你知道她有小寶寶了嗎？」

「什麼？」崔斯坦震驚而意外地問道。

「我猜想她自己也不知道。大概一個月，也許兩個月而已。」

「我的天。妳怎麼會知道？」

這回輪到星星聳聳肩，說：「我很高興你沒有要娶維多利亞．佛瑞斯特。」

「我也是。」他承認道。

雨又開始下了起來，但他們沒去找躲雨的地方。崔斯坦緊緊握住她的手。「說實在的，」她說，「一顆星星和一個凡人……」

「事實上，只是半個凡人。」崔斯坦幫著接下去。

「關於我自己，我想過的一切——我是誰、我是什麼——都是謊言。或者說有幾分虛假。妳一定想像不到解脫的感覺有多麼驚人。」

「無論你是什麼，」她說，「我只是要說，我們可能永遠不會有小孩。就是這樣。」

崔斯坦看著星星露出微笑，什麼也沒說。他雙手握著星星的上臂，站在她面前，俯視著她。

「只要讓你知道那就夠了。」星星說道，然後往前靠了上去。

他們在冰冷的春雨中第一次接吻，但他們倆都不知道正在下雨。崔斯坦的心臟在胸膛裡怦怦跳著，彷彿胸中的空間不足以容納心中所有的歡愉。他睜開眼睛吻著星星。她天藍色的眼睛也深深看入崔斯坦眼裡，崔斯坦從她眼中看見，兩人之間再也沒有距離。

銀鎖鏈現在只剩下煙霧和蒸氣。有一瞬間它飄浮在空氣中，然後一陣刺骨的風雨把它吹得無影無蹤。

「喂，」一頭黑色鬈髮的女人像貓一樣伸展身體，微笑說道，「我的苦役已經期滿，現在我跟妳扯平了。」

老太婆無助地看著她。「可是我該怎麼辦？我很老，我沒辦法自己經營這個小攤子。妳真是邪惡愚蠢的妓女，竟敢這樣拋棄我。」

「妳的問題跟我無關，」她的前任奴隸說，「但我絕不會再讓人說是妓女或奴隸，或者任何不是我自己名字的東西。我是烏娜女勳爵，第八十一代暴風堡勳爵的頭胎，也是唯一的女兒。妳用來束縛我的刑期和符咒都已經結束了。現在，妳必須向我道歉，並用正確的名字稱呼我，否則我會滿心歡喜地用我的餘生來追捕妳，消滅妳喜歡的一切事物，還有妳變出來的一切事物。」

她們彼此注視，老太婆先轉開了臉。

「那麼，我必須為之前稱呼您妓女而道歉，烏娜女勳爵。」她說的每一個字都像苦澀的鋸木屑，從口中憤恨地吐出來。

烏娜女勳爵點點頭。「很好。既然我跟妳在一起的時間結束了，我認為妳應該為我的服務支付報酬。」她說。這些事情自有律法。萬事萬物皆有律法。

雨仍一陣陣地下，還來不及把人們從臨時湊合的避雨處引誘出來，又是一陣雨劈頭淋下。崔斯坦和伊凡妮坐在營火旁，全身溼答答卻很快樂，與各種各樣的生物和人們待在一起。

崔斯坦詢問有沒有人認識他在旅途中遇到的那個矮小多毛的男人，盡可能形容他的樣子。有幾個人表示以前遇過他，卻沒有人在這次的市集見到他。

他發現自己的手無意識地在星星溼答答的頭髮裡搓捻纏繞。他想不通為什麼會花這麼長的時間才明白自己有多麼關心她，於是他便據實以告。星星說他是白痴，而他卻宣稱，被她稱做白痴的男人是世界上最幸福的男人。

「那麼，市集結束後我們要去哪裡？」崔斯坦問星星。

「我不知道，」她說，「但我還有一項義務要完成。」

「有嗎？」

「有，」她說，「就是我給你看的那塊黃玉。我必須交給正確的人。上次那個人出現，旅館主人的老婆割斷了他的喉嚨，所以玉還在我手上。但願我能把它送走。」

一個女人的聲音在崔斯坦肩頭說：「跟她要她帶的那個東西，崔斯坦．宋恩。」

他轉過頭，看進一雙眼裡，眼睛的顏色就像草原上的紫羅蘭。「妳是女巫篷車裡的鳥兒。」他對女人說。

「那時你還是睡鼠，我的孩子。」女人說道，「而我是鳥。但是現在我恢復原形了，我的奴役期也結束了。向伊凡妮要她身上的東西。你有這個權利。」

他轉向星星。「伊凡妮？」

星星點了點頭，等著他。

「伊凡妮，請把妳帶的東西給我好嗎？」

她看來有點迷惑，然後把手伸進長袍，小心翼翼摸索，拿出一大塊黃玉石，玉連在斷裂的銀鏈上。

「這是你外祖父的。」女人對崔斯坦說，「你是暴風堡一脈最後的男性後裔。把它掛在你脖子上。」

崔斯坦掛上銀鏈。當他把銀鏈的兩端碰在一起，兩端結合，修復得像未曾斷過一樣。「這真不錯。」崔斯坦半信半疑地說。

「這是暴風堡的力量之源，」他的母親說，「沒有人能夠駁斥這一點。你有暴風堡的血統，而你的舅舅都死了。你將會成為優秀的暴風堡勳爵。」

崔斯坦只是迷惑地瞪著她。「但是我不希望成為什麼地方的勳爵，」他對母親說，「也不想統治什麼東西。或許只想統治我情人的心吧。」他執起星星的手，微笑著貼在胸前。

女人不耐煩地輕輕動著耳朵。「崔斯坦．宋恩，這十八年來，我沒有命令你做過一件事。現在，我第一個簡單的小要求、我請你幫的最小最小的忙，你卻拒絕了我。那麼，我問你，崔斯坦，這是你對待母親的方式嗎？」

「不是的，母親。」崔斯坦說。

「很好。」她平靜了一點，繼續說道：「我認為你們年輕人該有自己的家，而你也得有工作做。你知道，如果這不適合你，你可以離開。那裡可沒有銀鎖鏈把你綁在暴風堡的寶座上。」

崔斯坦覺得安心多了。伊凡妮比較不那麼在意，因為她知道銀鎖鏈會以各種形式和大小出現；她也知道，剛開始和崔斯坦一起生活便與他的母親爭辯是相當不智的。

「請問我有這個榮幸知道該如何稱呼您嗎？」伊凡妮問道，不確定自己的說法是否有點誇張。崔斯坦的母親很得意，於是伊凡妮知道這麼說不算誇張。

「我是暴風堡的烏娜女勳爵。」她說，把手伸進掛在側邊的小袋子，拿出一朵玻璃做的玫瑰，閃爍的火光中，那顏色深紅得幾乎成了黑色。「這是我的報酬，」她說，「六十多年的苦役啊。我拿了這東西讓她惱怒異常，但律法就是律法，如果她不結清，就會喪失法力和其他東西。現在，我打算用這朵花交換一頂轎子帶我們回暴風堡，因為我們必須非常優雅地抵達。哦！我真是太想念暴風堡了！我們一定要有轎夫和騎馬侍從，也許再帶隻大象？大象的氣勢多麼不凡，沒有什麼能比大象更能叫人『滾一邊去』了！」

「不了。」崔斯坦說。

「不了？」他母親說。

「不了，」崔斯坦又說了一次，「母親，如果妳喜歡，妳應當乘轎子，或大象、駱駝之類的動物。但我和伊凡妮要走自己的路過去，用我們自己的速度旅行。」

烏娜女勳爵深吸一口氣。伊凡妮覺得自己最好不要參與爭執，於是她站起來跟他們說她需要散散步，很快就會回來，不會遊蕩得太遠。崔斯坦用懇求的眼光看著她，但伊凡妮搖了搖頭：他得吵贏這場架，如果自己不在場，他的論點會比較有力。

她瘸著走過越來越暗的市集，在一個傳出音樂和掌聲的帳篷旁暫停，光線如溫暖的金黃色蜂蜜般流洩而出。她聽著音樂，想著自己的心事。那裡有個駝背的白髮老太婆，瞎掉的一隻眼上覆著淡灰藍的翳膜。老太婆蹣跚地走向星星，請她稍微停下來聊聊。

「聊什麼呢？」星星問道。

因為年齡和時光，老太婆的個子縮得和小孩子差不多高，她用顫抖且關節腫大的雙手，拄著跟自己一樣高也一樣彎的枴杖。她用完好的眼睛與渾濁的藍眼朝上瞪著星星說：「我來帶走妳的心。」

「是嗎？」星星問道。

「欸，」老太婆說，「我在登山埡口差一點點就得手了。」她一面回憶，一面從喉嚨深處發出咯咯的笑聲。「妳記得嗎？」她背上有個像駝峰似的大袋子。象牙色的螺旋角從袋子裡伸出來，伊凡妮知道自己曾看過這獸角。

「那是妳嗎？」星星問矮小的女人，「帶著刀子的人？」

「嗯，就是我。但我把為這趟旅行準備的青春都揮霍光了。每使用一次魔法，我的青春就消失一點，我從來沒有像現在這麼衰老過。」

「如果妳敢碰我，」星星說，「哪怕只是一根手指，妳都會後悔莫及。」

「等妳到了我的年紀，」老太婆說，「妳就會明白後悔的種種樣貌。妳也會明白，從長遠來看，這裡或那裡多後悔一點並沒有什麼不同。」她用力吸氣。她的長袍曾經是紅的，但似乎已歷經多次縫補和收捲，多年下來也褪色了。袍子從一邊肩膀上垂落，露出一道起皺的疤痕，看起來像是千百年前的舊傷。「我想知道為什麼我在腦中再也找不到妳。妳還在，真的在，但妳就像鬼影，像一道輕煙。不久前妳燒傷了，妳的心燒傷了，在我腦中就像一場銀色的火。但小旅館那晚過後，它就變得零碎又模糊，現在根本不存在了。」

對這個想置自己於死地的生物，伊凡妮除了憐憫外沒有其他情緒，於是她說：「有沒有可能，妳想尋找的心已經不再屬於我了呢？」

老太婆咳了起來。她整個身體搖搖晃晃，又因乾嘔而抽搐。

星星等她平靜下來，才說：「我已經把我的心給別人了。」

「那個男孩？在小旅館裡那個？跟獨角獸一起的？」

「對。」

「妳應該讓我帶回去給我和妹妹。這樣我們就可以再次恢復青春，順利活到世界的下一紀。妳那小男友會讓妳心碎，要不就是糟蹋妳的心或弄丟。他們都是這樣。」

「話雖如此，」星星說，「他擁有我的心。我希望妳空手回去時，妳的妹妹不會對妳太殘忍。」

就在這時，崔斯坦向伊凡妮走來，執起她的手，向老太婆點了點頭。「都解決了，」他說，「沒什麼要擔心的了。」

「那轎子呢？」

「哦，母親會乘轎子。我答應她，我們遲早會抵達暴風堡，但我們在途中可以慢慢來。我想我們應該買兩匹馬，好好欣賞風景。」

「你母親同意了？」

「好不容易才同意的。」他愉快地說，「總之，很抱歉打斷妳們了。」

「我們差不多說完了。」伊凡妮說，轉身面對矮小的老太婆。

「我的妹妹會很殘忍，非常殘忍，」年老的魔法女王說道，「不過，我很感激妳的祝願。妳的心真好，孩子。可惜那不是我的心。」

星星彎身，親吻老太婆皺巴巴的臉頰，感覺到她臉上粗糙的毛髮刮擦著自己柔軟的嘴脣。

於是星星和她的真愛朝石牆走去。「那個老太婆是誰啊？」崔斯坦問道，「她看起來有點面熟。沒什麼問題吧？」

「沒有問題，」她對崔斯坦說，「她只是我在路上認識的一個人罷了。」

他們身後的市集混雜著燈籠、燭光、魔法之火和閃閃發光的精靈仙子等各色光線，就像從夜空中降落人世的一場夢。在他們面前，越過了牧草地，在目前無人守衛的石牆閘口另一邊，就是石牆鎮。油燈、煤氣燈和燭光從鎮上房屋的窗口流洩而出。但對崔斯坦來說，就像天方夜譚裡的世界般遙遠又不可理解。

他知道這是他最後一次（當時他確知是如此）望著石牆鎮的燈光。他目不轉睛看了好一會兒，一句話都沒說，墜落的星星在他身旁。然後他轉過身，兩人一起朝東方走去。

後記

在此可看出若干結局

烏娜女勳爵失蹤了很久，人們都以為她已經死了（她還是幼兒時就被女巫偷走了），因此許多人認為她返回高山故土的那一天，是暴風堡史上最偉大的日子之一。她轎子的隊伍在三頭大象的引領下抵達暴風堡。之後，慶典、煙火和歡宴（官方及非官方的）持續了好幾週。

烏娜閣下宣布自己在外時生下一子，他將成為下一個王位繼承人，代替最後兩個不在場並推測已死亡的弟弟。暴風堡和所有領土內的居民都空前地歡欣鼓舞。她告訴眾人，其實兒子已經把暴風堡的力量之源掛在脖子上了。

他和新娘很快就會來到他們身邊，但除此之外，烏娜女勳爵也不知道更確切的抵達日期，這似乎讓她相當煩惱。他們不在的期間，烏娜閣下宣布自己將擔任攝政，統治暴風堡。她不但統治了暴風堡，而且治理得不錯，胡昂山及周圍領土都在她的指揮下繁榮昌盛起來。

三年多後，暴風堡較低地區內的連雲鎮上，來了兩個風塵僕僕的流浪者，滿身塵土，雙腳痠痛。他們在一家小旅店要了一間房，叫人送熱水和錫澡盆進去。他們在小旅店住了幾天，與其他顧客和房客談話。他們住宿的最後一晚，那女人（髮色淺得接近白色，走起路來有一點跛）看著男人說道：「如何？」

「嗯，」男人說，「看起來母親確實統治得非常好。」

「就跟你一樣。」她有點酸溜溜地說，「如果你登上寶座，一定也是什麼都能做好。」

「也許吧。」男人承認，「說來說去，這裡確實像是可以終老的好地方。可是我們還有那麼多地方沒看過、那麼多人要認識。更不用提還有要糾正的錯誤、要擊敗的壞蛋、要看的風景。諸如此類。妳也知道的。」

她皺了皺眉，笑了起來。「噢，」她說，「至少我們不會無聊。不過我們最好給你母親留個便箋。」

於是旅店主人的兒子為烏娜女勳爵送去一張紙，這張紙以蠟封緘。烏娜女勳爵先仔細盤問男孩這兩個旅人的事（男人與他妻子），才打開封蠟看信。信是寫給她的，先是請安，之後寫道：

耽擱於世間無可避免。
請期待相見的日子。

信由崔斯坦署名，簽名旁有個指印，在黑暗中微微閃爍光芒，彷彿被小星星灑上亮粉一樣。

有了這封信，烏娜對此再也無可奈何，只得放手。

又過了五年，兩個流浪者終於回到高山上的堡壘。他們又累又髒，身上的衣服破舊襤褸，一開始更在全國人民面前丟光了臉，被當成流浪漢跟罪犯。直到男人展示掛在脖子上的黃玉，大家才承認他是烏娜女勳爵的獨生子。

封爵儀式和繼之而來的慶祝活動持續了近一個月，之後，年輕的第八十二代暴風堡勳爵便開始統治。他盡可能少做決策，但他下的決策都很明智（雖然當時看起來不一定）。儘管他的左手有傷疤又不太能動彈，但他在戰場上很英勇，也是老練的戰略家。北方的精怪封閉旅行要隘時，他帶領人民取得勝利；他推動與高崖鷹族間的永久和平，並且一直維繫到今日。

他的妻子伊凡妮夫人是美麗的女性，來自遠方（沒有人能完全確定她到底是哪裡來的）。她和丈夫初次抵達暴風堡時，在城堡最高的尖頂裡為自己挑了一間套房。城堡的主僕長期棄用這房間，屋頂早在一千年前就因落石而塌陷。沒有人想住這裡，因為沒有屋頂遮蓋；星星和月亮的光芒穿過高山上稀薄的空氣，在房間裡明亮閃耀。裡頭的人彷彿只要伸手就可以抓住星星和月亮。

崔斯坦和伊凡妮在一起很幸福，卻不可能永遠幸福。因為，時間這個小偷最終還是會把一切放進自己滿是塵埃的倉庫裡，但他們很快樂。隨著時日推移，這快樂也持續了很長一段歲月，然後死神在夜裡前來，在第八十二代暴風堡勳爵的耳邊悄聲說出自己的祕密，他長滿灰髮的頭垂了下來，再也不說話了。人民把他的遺體放在宗廟裡，直到今日。

崔斯坦過世後，有人主張他是城堡團夥的一員，協助破壞邪靈宮廷的力量。但關於此事，以及許多其他事情，無論真相為何，都已隨著他一同消失，永遠無法證實。

伊凡妮成為暴風堡女勳爵，無論戰時或昇平時期，都是超越任何人的明君。她不像丈夫那樣逐年變老，她的眼睛還是一樣藍，頭髮仍是近白的淡金色，而且自由的暴風堡城民偶爾也會發現，她突然翻臉的速度還是和崔斯坦初次在池邊林間空地遇到她時一樣快。

直到今天，她走路還是有一點跛，但暴風堡的人都不會談論此事，就像他們也不敢談論她有時會在黑暗中閃閃發光一樣。

人們說，每個晚上，當國事的職責告一段落，她就會一瘸一拐，獨自爬上宮殿最高處的尖頂，站上一個又一個小時，似乎沒有注意到山頂的寒風。她什麼也不說，僅僅朝上凝望著黑暗的天空，用悲傷的眼神看無數星子緩慢舞蹈。

致謝

首先，也是最重要的，我要感謝Charles Vess。他是當今最接近維多利亞時期偉大的精靈畫家的人，沒有他的藝術引發靈感，就不會有這些文字。每次我完成一章便打電話給他，念給他聽。他耐心聆聽，也在所有該笑的地方咯咯發笑。

我也要感謝Jenny Lee、Karen Berger、Paul Levitz、Merrilee Heifetz、Lou Aronica、Jennifer Hershey和Tia Maggini，他們每一位的幫忙令這本書得以問世。

我有一大筆功勞要歸於Hope Mirrlees、Lord Dunsany、James Branch Cabell和C.S. Lewis，無論他們目前在哪裡，都要感謝他們教導我童話故事也能給成人看。

Tori借給我一棟房子，我在裡面寫下第一章，而她只要求我替她種一棵樹做為交換。

這本書寫完後有人看過，他們告訴我哪裡好，哪裡不好。如果我沒有聽從，並不是他們的錯。我特別要感謝Amy Horsting、Lisa Henson、Diana Wynne Jones、Chris Bell和Susanna Clarke。

我的妻子Mary和助手Lorraine替我把頭幾章的手寫草稿打字，工作量比原先該為這本書承擔的要多，我也對她們感激不盡。

老實說，孩子們一點幫助也沒有，而我真的覺得將會一直如此。

尼爾・蓋曼

一九九九年六月

繆思系列 011

星塵

Stardust

作者	尼爾・蓋曼（Neil Gaiman）
譯者	蘇韻筑
社長	陳蕙慧
總編輯	戴偉傑
初版編輯	林立文
行銷	廖祿存
電腦排版	極翔企業有限公司

讀書共和國集團社長	郭重興
發行人	曾大福
出版	木馬文化事業股份有限公司
發行	遠足文化事業股份有限公司
地址	231新北市新店區民權路108之4號8樓
電話	02-2218-1417
傳真	02-8667-1891
Email	service@bookrep.com.tw
郵撥帳號	19588272　木馬文化事業股份有限公司
客服專線	0800221029
法律顧問	華洋國際專利商標事務所　蘇文生 律師
印刷	成陽印刷股份有限公司
初版	2017年6月
初版三刷	2023年4月
定價	新台幣250元
ISBN	978-986-359-389-8

國家圖書館出版品預行編目(CIP)資料

星塵 / 尼爾・蓋曼（Neil Gaiman）著；蘇韻筑譯. -- 初版. -- 新北市：木馬文化出版：遠足文化發行, 2017.06
面；　公分. --（繆思系列；11）
譯自：Stardust
ISBN 978-986-359-389-8（平裝）

873.57　　106004586